ZIGZAGGING DOWN A WILD TRAIL

Bobbie Ann Mason

楚尘
文化
Chu Chen

北京楚尘文化传媒有限公司 出品

蜿蜒而下的山路

[美]博比·安·梅森 著　　　　　　　小二 译

中信出版集团｜北京

图书在版编目（CIP）数据

蜿蜒而下的山路 /（美）博比·安·梅森著；小二译. -- 北京：中信出版社，2024.7
（博比·安·梅森经典作品）
书名原文：Zigzagging Down a Wild Trail
ISBN 978-7-5217-5915-0

Ⅰ.①蜿⋯ Ⅱ.①博⋯ ②小⋯ Ⅲ.①短篇小说－小说集－美国－现代 Ⅳ.① I712.45

中国国家版本馆 CIP 数据核字（2023）第 164265 号

ZIGZAGGING DOWN A WILD TRAIL by Bobbie Ann Mason
Copyright © 2001 by Bobbie Ann Mason
Chinese simplified translation copyright © 2024 by Chu Chen Books.
All Rights Reserved
本书仅限中国大陆地区发行销售

蜿蜒而下的山路

著者：　　[美]博比·安·梅森
译者：　　小二
出版发行：中信出版集团股份有限公司
　　　　　（北京市朝阳区东三环北路27号嘉铭中心　邮编 100020）
承印者：　河北鹏润印刷有限公司

开本：880mm×1230mm　1/32　　印张：8.75　　字数：165千字
版次：2024年7月第1版　　　　　印次：2024年7月第1次印刷
京权图字：01-2024-3013　　　　　书号：ISBN 978-7-5217-5915-0
　　　　　　　　　　　　　　　　定价：65.00元

版权所有·侵权必究
如有印刷、装订问题，本公司负责调换。
服务热线：400-600-8099
投稿邮箱：author@citicpub.com

献给罗杰

目录

001　中译本序

015　和爵士一起
037　托布拉
067　图尼卡
091　雷暴雪
111　滚进亚特兰大
139　三轮车
155　殡仪馆一侧
185　窗灯
201　规矩的吉普赛人
223　夜间飞行
245　愣头青

中译本序

小 二

评论家朱迪丝·弗里曼把美国作家博比·安·梅森的小说比作"绿甘蓝和汉堡包的混搭":一种结合了旧风俗与新事物、淳朴的乡村与发展中的都市以及地域特色与流行因素的混合大餐。

梅森自己的生活讲述的是同样的故事。在肯塔基州梅菲尔德一个小奶牛场长大的梅森从小就干着各种各样的农活:喂牛、采桑果、在烈日下除草,等等。与外部世界的接触大部分来自当地电台里播放的流行音乐。上中学时,她做过"山巅族"组合的粉丝会主席,并去底特律和圣路易斯参加"山巅族"组合的音乐会。大学毕业后她离开肯塔基去东部深造,先后在纽约州立大学宾汉姆顿分校和康涅狄格大学获得英语文学硕士和博士学位，博士论文是对纳博科夫小说《阿达》的分析研究，并以"纳博科夫的花园"为题公开发表。在西肯塔基的乡下干农活，在康州的高等学府研究纳博科夫，乡村生活与都市文化同时汇聚在她的笔下，混合碰撞，成就了梅森独特的文本。

　　大器晚成的梅森获得博士学位后并没有开始专职的文学创作，而是去了一所大学教授新闻传播学。她投稿的小说曾被《纽约客》退稿多达二十次，最终，在她四十岁那年，短篇小说《供奉》首次登上《纽约客》。至今，梅森已发表五部长篇小说、五部短篇小说集、一部自传和多部非虚构作品。她的第一部短篇小说集《夏伊洛公园》出版后即获当年的"美国笔会海明威奖"，同时入围"美国笔会福克纳小说奖""美国图书奖"和"国家图书评论圈奖"；自传《清泉》入围"普利策奖"；长篇小说《羽冠》和短篇小说集《蜿蜒而下的山路》分别获得"南方评论圈奖"；短篇小说《心愿》获得"小推车奖"。反映越战后遗症的长篇小说《在乡下》被改编成同名电影，由布鲁斯·威利斯和艾米丽·劳伊德出演男女主角。梅森还获得过美国文学艺术学院颁发的"文学艺术奖"，她的短篇小说多次入选《美国最佳短篇小说集》和《欧·亨利奖短篇小说年度作品集》。

　　特有的生活经历让梅森对城乡之间的反差以及美国南北方

的生活方式和价值观都有着充分的了解。20世纪中叶，美国南部的乡村发生了巨大的变迁。传统的生活方式和价值观受到通俗文化和来自北方新理念的挑战，高速公路和大型购物中心缩小了城市与乡村的差别，动摇和改变了农村传统的生存模式。"新住宅区像漂在水面上的浮油一样在西肯塔基扩散……那些周六下午聚集在法庭前广场上下跳棋嚼烟草的农民不见了。"（《夏伊洛公园》）。家庭、社区及自我等基本概念被重新定义。年轻人不再从事祖辈相传的劳作，而是去"新建成的工厂里上班"（《孟菲斯》），有的则被高速公路带到"北方的汽车制造厂工作"（《1949，底特律的地平线》）。传统的"美国梦"——土地、自由和一种独立的乡村生活——受到空前的挑战：生活在农村的人主动放弃了土地，选择去工厂打卡上班。虽然这些人"在新建成的工厂里上班，挣的钱比以往任何时候都多。认识的人都有一个停着各种车子的院子：摩托车、三轮摩托、跑车、皮卡等"（《孟菲斯》），但在生活得到改善的同时，他们却失去了祖辈赖以为生的土地和与之伴随的传统。

20世纪60年代兴起的女权运动则使得女性在家庭中的分工和地位发生了根本变化，这种变化在改变女性思想和行为模式的同时，也动摇了男性的统治地位。这样的变化当然会引起男性的不满。在《电波》这篇小说里，当简指责父亲丢下她、哥哥和母亲离家出走时，他的回答是："问题就出在这里，太多的女人出去工作，男人找不到工作……女人应该待在家里。"

相反，女性对于变化的态度却普遍比男性来得从容，尤其是年轻的女性。在《抽签》这篇小说里，一直不说话的外祖父在家庭圣诞晚宴上突然说道："按常理，应该男人先吃饭，孩子们在另外的桌子上吃。女人应该最后吃，在厨房里吃。"孙女艾瑞斯回答道："如今时代不同了，我们跟男人一样棒。"而出来打圆场的艾瑞斯的父亲则说："她是从电视里看来的。"这段三人之间的对话精妙地概括了不同年龄、不同性别的人物面对变化的不同态度。

梅森小说中的人物以女性居多，她们通常对自己的现状感到不满。但她们对于自身现状的认识以及面对危机所采取的态度却不尽相同。女权运动使得传统的婚姻和生育观念发生变化，保守的南方已开始接受同居、未婚生育和人工流产这些有违传统的事情。在《第三个星期一》这篇小说里，三十七岁的琳达未婚怀孕，但她不但不想和孩子的父亲结婚，还打算把孩子生出来独自抚养。女主人公鲁比宁愿与一个在跳蚤市场认识的狗贩子同居，也不愿意像其他人那样随便嫁人。她在克服世俗压力的同时，也在克服疾病造成的身体残缺（因乳腺癌而做了乳房切除）对自己的影响。《靓仔镇》里的女招待黛比则在女权意识上走到了极致，她告诉新认识的女朋友自己为什么要做结扎："你知道我为啥要做结扎吗？因为我讨厌被定义。我前夫认为每天晚上六点钟他回家的时候，我必须准时把晚饭摆到桌子上。可我也上班啊，我五点半才回家。所有买东西、打扫卫生、煮饭的事还都得我来做。我讨厌人们觉得这种事理所当然——我该做晚饭就因为我长着生育器官。"《静物西瓜》里的露易丝经受着失业和丈夫离家出走的双重打击。面对混乱和经济上的压力，她表现得异常镇静，通过画笔重新建立自己的世界。《电波》中的女主角简的同居男友失业后因骄傲而搬离她家，她自己也失业了，使得她重新振作的是去当一名无线电女兵的想法。《高粱饴》中的丽兹的婚姻出了问题，她不像以前那样爱她丈夫了："他喝醉酒的时候，做起爱来就像是在种玉米，她一点儿也不享受。"外遇艾迪后，丽兹开始了一种她向往已久的生活，但由于阶层差异，她无法融入艾迪的朋友圈，同时又担心自己会因外遇而失去孩子。但所有这些都不能阻挡她追求幸福的愿望。《定居与迁移》讲述了另一个红杏出墙的故事。小说开宗明义地说明："自从我丈夫去路易斯维尔工作后，我找了一个情人，对此连我自己都感到惊讶。"与《高粱饴》中的丽兹不同，《定居与迁移》中的"我"是个见过世面的女性，而且她丈夫是个负责任、为家庭奔波的男子，但"我"最终还是出轨了。

大部分女性却没有这样的勇气。在《夏伊洛公园》这篇小说里，诺玛的丈夫勒罗伊因伤结束了长期在外的工作回到家里后，诺玛反而无所适从了。她寻求出口的方式是做一些以前从没做过的事情，通过健身、去夜校学习和学习烹饪来调节自己。而身为卡车司机的勒罗伊则做起了模型手工，并声称要为诺玛搭建一栋木头房子。尽管双方都在为维持这段婚姻做努力，但由于缺乏沟通技能，他们的婚姻最终还是走向了破裂。除了诺玛，梅森笔下类似的女性还有很多，梅森通过她们行为的细微变化来表现她们的困惑、不满和摆脱困境的努力——尽管这种努力往往是徒劳无功的。在《退修会》这篇小说里，与做牧师的丈夫结婚十年并育有两个孩子的乔治安看似过着平静的生活，宗教信仰似乎增强了他们的婚姻，丈夫除了周日主持礼拜，平时在外面做电工补贴家用，而乔治安则帮着誊写教堂做礼拜的小册子，并在周末的礼拜仪式上担任钢琴伴奏。但乔治安并不幸福，也找不到不幸福的原因。她感觉自己受到了无形的约束，不断做出各种反叛的行为，比如在本该去教堂的礼拜天穿着牛仔裤清理鸡窝，在教堂做钢琴伴奏时故意弹错曲子，以及拒绝参加一年一度的教会退修会，等等。乔治安最终还是去了退修会，但她却在一个有关婚姻的讲座上提出一个问题："如果你嫁的男人……是所有造物中最好的一个……可是有一天你却发现他并不是适合你的人，你们会怎么办？"乔治安自己没有找到答案。她只能通过躲在地下室里打电子游戏来获得掌控自己命运的感觉。当一个卡车司机提议为她买一杯啤酒时，她重新发现了自己被丈夫忽略的女性魅力——当然，这给她带来的仅仅是心理上的安慰而已。

　　在传统和变化之间，小人物一边享受变化带来的种种好处，一边却仍然缅怀变化前的世界。和传统的抗争表面上看似理所当然、冠冕堂皇，但在现实生活中，一个人固有的生活习惯、根深蒂固的道德观念，都会给大多数人带来心理上的巨大困惑与矛盾。小说《定居与迁移》中的一段话惟妙惟肖地描述了这样的人群在摆脱困境时的努力与徒劳："我突然看见另一条车道上有一只兔子在动。它正在原地跳跃，就像跑步选手在原地做热身运动。它的前腿疯狂地摆动着，可是它的后腿被碾碎了，使它无法离开车道。"

　　除了以上的主题，梅森也非常关注战争给人们留下的创伤。《纽约时报》著名书评人角谷美智子称赞梅森的第一部长篇小说《在乡下》是"一部像闪光灯一样在人们脑海中留下烙印的小说"。小说的主角是一个父亲在她出生之前就丧生越战的十七岁女孩山姆·休斯，她试图收集她沉默寡言的舅舅和其他人的记忆来想象和构建她父亲的越战经历。当读到已故父亲直率且真实的战争日记时，她终于意识到她的想象只是被电视、电影培养出来的幻觉。小说以前往越战纪念碑的旅程开始和结束，分裂的三代人终于相聚在刻着山姆父亲名字的纪念牌前，释放出他们积压已久的悲伤。与梅森的大部分作品一样，这部长篇小说对广阔的郊区和乡村景观进行了精细的描述。豪生酒店、乡村厨房连锁餐厅和州际公路沿线的埃克森加油站这些在美国随处可见的商家，收音机和立体声音响里播放的流行音乐——从《大门》乐队到布鲁斯·斯普林斯汀的摇滚乐——通过叙述者的感性筛选，创造出一幅生动的音景。

大量流行元素的使用是梅森小说的另一特色。20世纪60年代大众文化的盛行对南方的传统习俗、伦理和生活观念产生了颠覆性的冲击：祖辈的生活经验被电视节目主持人的说教取代；电视广告和摇滚乐影响着人们的日常生活，潜移默化地改变着他们的思想和行为。在梅森的小说里，正在播出的电视节目和正在流行的通俗歌曲与人们的日常生活交织在一起。这点很像贾樟柯导演的电影，时装、广告和流行歌曲等带有时代烙印的东西在她的作品中随处可见。梅森想要描述通俗文化对她笔下人物的思想和日常生活的影响。这些新的文化元素潜移默化地改变着世代相传的习俗观念，梅森用近乎白描的叙事手法讲述她的人物如何自觉或不自觉地顺应着这些变化。《旧物》这篇小说里贯穿着各种电视节目。先是《今天》节目主持讨论单亲家庭问题，而《今晚》电视节目主持人一段滑稽的舞蹈让克利奥想到自己离过两次婚。《明天》这个节目里则在讨论青少年酗酒问题，梅森选择的这三个电视节目的名字本身就隐含寓意。她借助这些电视节目来呈现形形色色的社会问题。在小说《电波》里，当简的父亲让她回来和他一起住时，简的回答是："不行,我们已经不喜欢看同一个电视节目了。"

梅森很早就在为文娱杂志撰写文章,也尝试过小说创作,但直到四十岁她才找到了自己的叙述语言,这就是她祖辈使用的语言,那是肯塔基州西部一个叫作"杰克逊购置地"的半岛上居民的语言。"我用简单明了的英语写作,"她说,"那种肯塔基农村和小镇人常用的语言和韵律。我能听到他们言谈里的音乐,我觉得这种语言传达了他们对世界的态度。这就是我讲述他们的故事的语言。"而且她小说中的人物几乎全部生活在或来自这个地区,梅森也因此被一些评论家贴上"地域作家"和"南方作家"的标签。

梅森关注的对象多为蓝领阶层,他们从事着廉价购物中心收银员、餐馆女招待之类的工作,评论家们因此给她贴上了诸如"购物中心现实主义""肮脏现实主义"这一类的标签,其中最著名的是"蓝领超现实极简主义"。而梅森则俏皮地称自己的小说是"走进超市的南方哥特体"。由于写作年代以及对中下阶层的关注,很多评论家把梅森归入以雷蒙德·卡佛为代表的"肮脏现实主义"作家群。梅森的短篇小说《西瓜静物》就曾被选入英国文学杂志《格兰塔》介绍"肮脏现实主义"的专刊里。纵观梅森的作品,它们确实具有"肮脏现实主义"小说的特点,比如关注蓝领阶层,写作的手法简洁平实、注重琐碎小事、有控制的叙述、与叙事主体保持距离等；通过一些日常琐事的描写，让读者自己体会到其中的深意；摒弃修饰性的词句，以开放式的结尾激发读者了解故事真相的愿望。但不同于卡佛等人的小说，梅森的小说有其特有的品质，她更关注社会变迁对普通人的影响，注重女性意识和女性身份的认同。梅森在接受艾伯特·威廉采访时表述了自己的文学观，她认为："文学最主要的东西不是主题和象征，而是质感和情感。主题和象征就像浴帘下方的铅坠，它们只起固定浴帘的作用并赋予它形状，但它们并不是浴帘。"尽管梅森博士论文的研究对象纳博科夫是位文体家，她也承认纳博科夫和詹姆斯·乔伊斯这两位注重形式的大师对她的影响，但她并不认同纳博科夫"高度象征"的叙事方式。不过纳博科夫的"去情绪化"以及"细节就是一切"的写作信条却对梅森影响深刻，她注重对细节的描述，避免情绪化的描写。另外从文本角度来讲，相比其他"极简主义"作家，梅森的小说相对丰满和更富情感，篇幅也相对长一点。

曾有评论家批评梅森的作品涉及太多的流行元素，质疑其能否经受时间的考验而成为经典，但梅森认为通俗文化更接近她的人物，能反映他们的感受和信仰，她说这些东西是真实的，对很多人来说很重要，我无法忽略他们。梅森只在乎这些通俗文化对她笔下人物的影响，以及他们在面对通俗文化和所谓的科技进步的冲击时,如何调整自己而不被生活淘汰。她在向读者介绍肯塔基大学出版社为她出版的作品精选合集《拼缀物》时表明了自己的小说观:"小说带你去一个你自以为知道却发现它既熟悉又陌生的世界冒险。它会扭曲你原来的想法,惊得你跳起来。作为一名读者,我希望被人摇晃和骚扰,被推搡得晕头转向。我想惊讶得目瞪口呆。我想写你在阅读我在写作时都有这种感受的小说。我不想让小说去安抚或祝贺什么。它不应该证实你的偏见或只是反映你自己的生活。据我所知,小说应该提供的不仅仅是连接点点滴滴的满足感,或是温暖被窝带来的舒适感。写作的快乐是找到穿破被面的纤细的绒毛。弗拉基米尔·纳博科夫在他的小说《阿达》中写道:'细节就是一切。'"

梅森也喜欢采用"开放式"的结尾。但与暗示不祥或灾难性结局的卡佛式的"开放"结尾不同,对待生活的态度更加积极的梅森的"开放式结尾"暗示的结局尽管不确定,但往往隐含着希望。在《高粱饴》里,女主人公面对的是一个不确定的未来,她不知道自己能否离开丈夫,和艾迪一起过上美好幸福的生活。但在小说的结尾处,她还是表现出尝试不同生活的决心。"她用脚指头试了试水温。水烫得有点受不了,但是她决定忍受——像是一种惩罚,或者是一种习惯之后就会变得美妙无比的新体验。"在《孟菲斯》的结尾处,贝弗莉"把昨天的信件带回家——乔的汽车杂志、他该付的信用卡账单和一些垃圾信件。她把乔的信件放在厨房的一个架子上，紧挨着从乔那里借来但忘记归还的录像带"。尽管梅森没有交代贝弗莉做出了什么决定，不过读者仍然可以感觉到她告别过去的决心。

　　时代变迁不仅反映在物质世界里，它还包括文化层面上的变化。尽管程度有所不同，但变迁带给每个个体的冲击都是巨大的。新生事物在带来生活便利的同时，也冲击着固有的传统观念。乡村城市化是一种物质上的变化，我们可以用农村人口的变化、新型住宅和高速公路等精确地加以定义。而对新观念和新文化的接受以及对旧传统习俗的"背叛"则是漫长和无法确切定义的。梅森在以自己为原型的小说《南希·卡尔佩珀》里探讨了这种现象。在城市生活多年并有了自己的孩子的南希仍然牵挂着远在肯塔基老家的父母和奶奶。在来宾包括吸大麻的雅痞出现的婚礼上，在与未婚夫共舞的时候，她脑子里却在想着在老家的父母晚餐吃的是什么。中国正在经历20世纪下半叶美国经历过的变迁。城市生活吸引着年轻人，大量的农村人口涌入城市，年轻人为了更好的机遇北上南下。但过年的返乡大潮反映了人们对传统的遵从和依附。他们有人违心地参加父母安排的相亲，甚至有人为了让父母安心，租一个男（女）朋友回家过年。梅森精准地描述了人们面对文化变迁时心理层面的微妙起伏，这在某种程度上让她的作品具有"永久"性和"广义"性。变化永恒存在，每一代人都会面对属于自己时代的变迁，读一读梅森的作品，也许能让你在面对时代巨变时会更从容镇定一些。

2022 年 3 月

和爵士一起

　　我从来不关心时事，你们听说的世界上所有的麻烦事。为了操持这个家我已经忙得不可开交了。不过现在孩子们都大了，离开家了，我开始思考眼下发生的一些事情。我女儿为什么要和一个男人同居，而且就要生孩子了，却不肯嫁给那个男人？我儿子为什么要住在河边的小木屋里，几个月鬼都见不到一个？不过那些都算是儿女私事。我也在考虑大一点的事情。人的寿命似乎不足以看到自己这一小块在宇宙拼图中的位置。我还不算老，但我想象得出当老年人开始思考该怎样生活时，已经为时太晚了。

　　这样的念头会在每周社区小组的聚会上冒出来。刚开始那只是个减肥俱乐部,但等到我们都变苗条了,聚会还在继续。现在周五下班后,我们一伙人会聚在某个人的家里,谈论人生,以电视访谈的形式。虽然我们嘻嘻哈哈,但对我们来说这就是生存。而且它有助于我思考。

要做到待人友善非常难。那是你必须去学习的东西。我试图做到这一点,但没那么简单。当你来到人生那个易怒、更不愿意付出的阶段,却开始为自己无法慷慨付出而感到内疚。这两种情感互相矛盾——宽厚和刻薄。当你真的老了,有人说,你会立刻变回小孩,自私歹毒,根本不在乎别人怎么想。童年和老年之间,你有这样一个觉悟的泡影——还有良心,足以把你逼疯了。

上周五小组活动结束后,我跨过县界去了帕迪尤卡,希望见到我认识的一个家伙。他自称"爵士",不过他的真名叫彼得。他一直讨厌那个名字。学校的同学会取笑他:"你的彼得[1]在哪儿呀?""哦,你看上去不像一个彼得啊。"等等。我小的时候有些孩子用"花生米"[2]这个词,那是我听到的第一个代指男性身体秘密部位的名字。我以为他们在说"箍桶匠"[3]。这让我摸不着头脑。后来我才知道应该是"花生米"。我是上四年级时从唐娜·李·沃什

---

1 英文 peter 既指人名彼得,也指男性生殖器。
2 花生米(goober):英语俚语,指男性生殖器。
3 英语里"花生米"(goober)的发音与"箍桶匠"(cooper)相似。

姆那里学到这个词的，那天她领我去操场尽头的一棵黑胡桃树下探险。她在内裤里放了两个黑胡桃回到教室，一下午都在座位上扭来扭去，还咯咯地笑个不停。教室过道另一边后两排座位上的杰里·雷·巴克斯特有时候会把他的"花生米"掏出来玩。他说话口齿不清，那学期结束后他没再来上学。

爵士果然在"极品"酒吧里，我就觉得他会在那儿。他懒洋洋地坐在吧台边上，端着扎啤和别人闲聊。看到我后他缓缓地咧开嘴笑了笑，从口袋里掏出一副新胸罩，在面前的甜菜腌蛋罐和腌猪脚罐之间来回晃荡。调酒师埃德见怪不怪地摇摇头。"又来了，爵士，扒女人的衣服。"

爵士说："没有呀，我在变魔术。"

我把胸罩塞进手提包。"谢了，爵士。估计你知道我的奶子在下垂。"

他来自田纳西州的奥比恩，从小就在里尔富特湖附近打野鸭。现在他去法国带回成箱的法国内衣，卖给一家时装店，偶尔也卖些给朋友。这些内衣都是名牌货，尺寸和这里的不太一样。他前妻从自己工作的巴黎供应商那里用成本价帮他进货。他一年左右去那边一次，看望他的孩子。爵士在建筑工地上班，攒够钱后辞掉工作，急匆匆地赶去法国。我有满满一抽屉昂贵的胸罩——前扣的、低胸的、交叉背带的、无背带的——都是蕾丝和锦缎材质的，全是他送给我的。

"这副很特别哦,"他说着朝我走过来,"扇贝边蕾丝加弹力缎面、模压罩杯、钢丝托。一会儿我会检查一下是否合身。"

我咧嘴一笑。"我们走着瞧,爵士。今晚我想一醉方休。"

"克丽茜,再过几个月你就又要当外婆了。这是老奶奶该有的行为吗?"他逗我说。

"但是我很开心啊,真该死!我觉得我坠入情网了。"

"总有一天我会让你爱上我的,克丽茜。"

我要了一杯波旁威士忌。爵士需要的,我觉得,是一个对他有浪漫情感的女人。不过他从来不向他在乎的女人提要求。他总是让到一边,听任那个女人爱上某个带给她麻烦的蠢货。

我抬头瞟了一眼电视上的新闻(本地一则关于水污染的最新报道),说道:"湖里的青口贝在消失。都是这些杀虫剂。"

"我听说是去年的干旱造成的,"爵士说,"这就是大自然。"

"我在这里庆祝一个新生儿即将诞生——为了什么?看一个死去的湖?还有不适合呼吸的空气?"

爵士碰了一下我的肩头,让我冷静点。"这个世界上永远会有烦扰。没有婴孩生下来就一脚踏进伊甸园。"

我笑了。"这么说话才像你,爵士。"

"你以为你了解我,是不是?"他说。

"我太了解你了,都不好意思老欺负你。"

埃德把我的酒放到我面前,我急忙把酒端起来。我对爵士说:"你为什么从来不对我发火,让我滚一边去?"

他像哥们儿那样捶了一下我的胳膊。"你绝不应该在生气的时候离开一个人,因为你们中的一个有可能在回家途中遭遇不测。"

"极品"酒吧的常客都在——在工厂上班的老派男人[1];周五晚上让老婆带着孩子逛商场,自己四处逛游的男人。正进门的一个高个男子吸引了我的眼球。他走路的样子像个有钱人。他穿着一件荧光绿的衬衫,衬衫上细致的佩兹利纹样让我眼前一亮。裤子的口袋门襟上镶着牛仔风格的绲边,衬衫外面套了一件带紫红色刺绣和拉链口袋的仿麂皮背心。

"那是巴克·乔伊纳,电台的。"爵士看出了我在想什么。

巴克·乔伊纳是我做上班前的准备时收听的电台的唱片骑士。他主持的《清晨狂热》节目包括一连串的恶作剧、下流笑话和来电赠送。有一次他竟然给利比亚的卡扎菲上校打电话。他接通了元首府,和一个带中东口音、说标准英语的官员通了话。

我觉得波旁喝得足够多了,就挥舞着手中的酒杯,快步来到巴克·乔伊纳的桌前。

"我听你的节目,"我说,"我把你的电话号码放在快拨键上了。"

他看上去有点厌倦。这情景就像去见鲍勃·迪伦或一些你知道不会友好的大人物。

---

1 老派男人(good old boy):指遵循同辈人的价值观和行为准则的美国南方的白人。

"我给你打过一次电话,"我不顾后果地继续说道,"你在赠送雷·史蒂文斯[1]演唱会的门票。我想成为第二十五名打进电话的人。不过我时机没掌握好。"

"太遗憾了。"他说,面无表情。他和两个穿西装的家伙在一起。有点冷场。

"我得在时机上下下功夫。"我停顿了一下,仓促地找着话题,"你真该采访一下我周五下午的交流小组。"

"那是什么?"

"我们是一帮妇女。我们每个周五聚在一起谈论人生。"

"人生的什么?"一丝讥笑浮上了他的面颊,他是在讨好那两个穿西装的。

"眼下发生的事情。无聊的东西。"我脑子里一片空白。我知道其实远不止这些。当时我真的很想让他采访我们的小组。我知道我们闪烁着生活和智慧的火花。丽塔对日托有自己的看法,多萝西可以扯堕胎方面的话题,菲利斯认为精神病医生是巫医。而我,我可以模仿贝蒂·戴维斯[2]。

"这是我的名片。"我说着从手提包里抽出一张来。名片是一

---

[1] 雷·史蒂文斯(Ray Stevens,1939—):美国乡村和流行歌手,词曲创作者和喜剧演员。

[2] 贝蒂·戴维斯(Bette Davis,1908—1989):美国电影、电视和戏剧女演员,曾两度荣获奥斯卡最佳女主角奖。

个月前订购的,就是为了能像这样说话。

"能见到粉丝非常的高兴。"他拉长嘴角说了一句——不是真心的微笑。

"少跟我来这一套,伙计。要不是你的听众,你不可能花里胡哨地坐在这里。"

我回到爵士身边,他一直关注着我的动向。"我真想看到奥普拉[1]让他下不来台。"我对爵士说。

当然,我算是把脸丢尽了。问题就出在这儿。我在善良和刻薄之间迷失了方向。我也不该喝酒。我不知道为什么要对那位唱片骑士那么刻薄,但他是我赖以开始新的一天的人,结果却是一坨臭狗屎。从今以后听他节目的时候我会边听边想:傲慢的狗屎脸。不过我自己却穿着一件法国胸罩,露出一大截乳沟。我不知道自己在干什么。爵士在微笑,触摸我的手,又为我买了一杯酒。爵士的耐心像胶带一样牢固。

零零星星地,我在周五小组交流会上做过以下的交代:我的第一任丈夫吉姆·埃德是我高中时的男朋友。我们在高中的最后一年结婚,他们没让我毕业,因为我怀孕了。过去我常说我在那

---

[1] 奥普拉·温弗瑞(Oprah Winfrey, 1954—):美国电视访谈主持人、电视制片人、演员、作家和慈善家。美国最具影响力的非洲裔名人之一,曾入选"时代百大人物"。

方面几乎一窍不通，但那是说谎。我经常夸大自己的纯真，好像是在为自己陷入的混乱找借口。回过头来看，我明白了当年为什么要套牢吉姆·埃德，因为我担心这辈子不会再有另一个机会了，他是那里最好的选择。我做所有的事情都是这样。我抓住任何看起来像是好机会的东西，就在此刻，就在此地。我甚至有暴食倾向，好像担心再也吃不上一顿好饭菜了。"骨子里你就是个乡下姑娘。"我第二任丈夫乔治总这么说。他是个善于分析的人，对什么事情都有一套理论。说起大萧条时期我们父母那一代的心理状态，他的话让人听了作呕。他上过大学。我一直没回学校取得我的高中文凭，不过那是我现在想做的事情。乔治无法简简单单地享受一样东西。我们烤牛排的时候，他会思考我们烤牛排的理由。他说那要追溯到穴居人的行为。他说我们是在表演一种古代的生活方式。他让我觉得自己深陷在历史之中，好像我们还没从穴居人进化过来。我估计人类的演化其实也没那么大。真的，我敢打赌，穴居人时代就有让他的女人感到愚蠢的无所不知的男人。

过了一段时间，我不再在意乔治说什么了，但后来我的小女儿死了。她得了脑膜炎，发生得相当突然和可怕。一个月后，当乔治开始唠叨悲伤的恰当表现方式和悲伤的阶段时，我还没从震惊中缓过来。我彻底爆发了。我让他走人。我们应该做的是分担悲伤。我相信最基本的教科书都会这么说。但恰恰相反，他在教我如何悲伤。你无法与你的悲伤导师一起生活。我会安静地度过自己的悲伤，我告诉他。凯茜不是他的女儿。他不可能知道我的感受。那是很久以前的事了，对我来说他似乎已经不那么真实了。他还住在附近。我听说他又结婚了，他在养兔子，住在靠近巴德维尔的乡下——都是我想象不到的事情。不过，你们想象得到吗，这么小的地方，我却从来没再见到过他。也许他的变化太大了，见到他时我没认出来。

"爵士，怎么这么巧你口袋里就放着那副胸罩？"我想知道，但他只是咧着嘴笑。我觉得这跟随身带着避孕套以防万一一样。胸罩正好是我的尺寸。我去卫生间换上了。我戴的那副有点松了，我把它丢进了垃圾箱。让别人遐想去吧。

刚开始，我以为凯茜只是得了感冒。她在发烧，她说她的头在裂开——说得如此平静，她完全可以用同样的语气说她的手弄脏了。那是夏天，不是流感季节，所以像往常一样，我急忙把所有的孩子送去他们姥姥家，想着乡下的空气会让凯茜好起来。唐和菲尔不停地骚扰她，因为她不想和他们在妈妈的阁楼上玩，或去外面的粮仓。她盖着一条妈妈的被子躺着，后来我恐怖地意识到，不知怎么搞的，她知道了自己会死。你永远不知道小孩子在想什么，他们到底有多害怕，他们又在想象中把事情夸大到了什么程度。她十二岁，两个月前刚来月经。我以为她的病与此有关。当我提起这件事时，医生却在嘲笑我。你能想象他竟敢这样吗？直到现在我才开始为这件事生气。不过我听说那个医生得了中风，现在住在养老院里。事情过去那么久了，保留那些不好的感觉对你又有什么好处？爵士是这么说的。

乔治责怪我送她去妈妈家。那天他去纳什维尔参加一个工程会议，当时他是联合碳化公司的化学工程师。他说小孩子没有理由不能从脑膜炎中康复过来。他在我的面前晃动一本书，但我拒绝读他对这种疾病的发现。我觉得知道了是我的过错造成她的死亡会要了我的命。我估计乔治不是个坏人。他只不过有他自己处理事情的方式。我想我们都一样，似乎没人知道怎样做到足够的敏感。可能他只是不知道该怎样处理这个情况。最近我突然意识到，也许他在为当时不在家而感到内疚，就像我因为没能注意到凯茜当时有多么安静和孤僻而内疚一样，好像她在那儿自己解决问题。凯茜是四健会[1]成员，那一年她正在为义卖会制作霍莉·霍比[2]展品——把脸藏在印花棉布帽里的小姑娘。小姑娘的服装是凯茜自己缝的，她在做一只小毛绒狗，还用一个花篮来装饰场景。我还保存着那个未完成的霍莉·霍比展品——就放在壁橱里一个装音响的盒子里。也许我该把它处理掉，因为如果凯茜还活着的

---

1 四健会（4-H Club）是美国农业部下属的一个非营利性青少年组织，创立于1902年。它的使命是让年轻人在青春期尽可能地发展自己的潜力。"四健"分别代表"健全头脑"（Head）、"健全心胸"（Heart）、"健全双手"（Hands）和"健全身体"（Health）。四健会的官方标志是绿色的四叶草。

2 美国作家、水彩画家和插画家霍莉·霍比（Holly Hobbie, 1944— ）创作的同名虚构人物和儿童玩具。

话，她已经超出那个年龄段了，但我只剩下这些与凯茜有关的小碎片了，她曾经拥有过的唯一的实物。

　　唐和菲尔都长大了，有了自己的车子后就离开了。你相信会有人以"埃弗利兄弟"[1]来命名自己的儿子吗？我估计我还会做那样的傻事。不过我从来没有对他们说他们的名字来自"埃弗利兄弟"。我所有孩子的父亲吉姆·埃德喜欢"埃弗利兄弟"，过去他常在卡车里播放他们的歌，那时候八轨录音机还是个新鲜玩意儿。吉姆·埃德在很多事情上都很随和，他从来不像乔治那样批评我。我不知道他是否为凯茜的死责怪我。我有种感觉，如果我们坚持下来，就能学会更好地爱对方。不过他是个闲不住的人，在我们最需要他的时候他待不下来。他搬去了开罗[2]，在内河船上工作——现在还在干那个。我估计他有他自己的生活。男孩们会去看他。唐的妻子和一个内河船上的人跑了，唐住在那边的一间小木屋里。我不经常见到他。母亲节时他带给我一条巨大的鲇鱼，一条扁头鲇。不过大的鲇鱼其实并不好吃。他布下滚钓线，就住在荒野里。我怀疑他不会再结婚了。菲尔是我孩子里面唯一正常的。现在，

1　埃弗利兄弟（Everly Brothers）：美国受乡村音乐影响的摇滚组合，以民谣吉他和密集和声闻名。这一对歌手为唐纳德·"唐"·埃弗利和菲利普·"菲尔"·埃弗利。"埃弗利兄弟"是前披头士时代最成功的演唱组合之一。

2　开罗（Cairo）：美国伊利诺伊州亚历山大县的一个城市，位于伊利诺伊州最南端。该市得名于埃及首都开罗。

就他又能说些什么呢?一个衣服品味奇差的面饼脸老婆,惯坏了的孩子,用铜鹅和鱼装饰的客厅。我去那儿身上会出疹子。我估计没有什么事情能让我高兴起来。

上周,劳拉(我的另一个女儿,小的那个)写信告诉我她怀孕了。她刚和上学时认识的博物馆馆长离完婚,那个人修复旧陶器,把它们用胶水粘起来。他的收入很不错,但她不满意。现在她将要与一个小宝宝和另一个男人捆绑在一起,这个叫尼克的是个季节工。他们住在他老家,亚利桑那州的一个小地方,在沙漠里。我想象不出那里能长出什么。

上个星期天劳拉在电话里说:"我不想再结婚了。我再也不相信婚姻了。我要摆脱所有的官僚垃圾。我信任尼克胜过政府。"

"你需要法律的保护,"我说,"万一他出什么事情呢?万一他丢下你跑了呢?我可以确切地告诉你那是怎么一回事。"

"除非我杀了尼克,才能把他从我的生活中赶走!说实在的,他那么专一,简直令人难以置信。"

"我估计那正是我不相信的原因。"

"别说了,妈。想想看吧,你又要做外婆了!孩子出生的时候你不出趟门?妈妈们不都是这么做的吗?"

凯茜死的时候劳拉才五岁。我们没带她去参加葬礼。我们告诉她凯茜去纽约和霍莉·霍比一起住了。如果我能收回那个谎言,我会那么做的。当她发现真相后,情况更糟了,因为那时她已经懂事了,那样的震惊对她的伤害更大。葬礼上见到吉姆·埃德时,我觉得我的心都要碎了。我只见过他一次,没几分钟,葬礼开始前,在走廊上,但我们无法谈自己的感受。吉姆·埃德在哭泣,我想抱住他,但是我们看见了另一个房间里的乔治,站在摆放着的鲜花旁边——一个陌生人。

爵士说:"有没有注意到夜晚多么让人毛骨悚然?因为你觉得所有的秘密都暴露无遗,但你欺骗自己说黑暗中其实很安全。烟雾缭绕的酒吧,烛光,所有这些狗屁的制造氛围的玩意儿都是用来干这个的。"

"我不是一直这么说嘛。"我说,口气里有一丝挖苦。有时候爵士似乎在没话找话,然后编出一些听上去很深沉的东西。

我们开车去河边的小木屋看望我儿子唐。这是爵士的主意,一个疯狂的念头俘获了他。他说他想开车。他说我需要新鲜空气。他没让我喝完最后一杯酒。

我是一年前在交通事故法庭上认识爵士的。我俩同一天在同一条公路上出了轻微的碰擦事故,不过是在不同的时间。我俩都没有让行。我记得爵士对我说:"我希望这件事并不反映我的性格。通常情况下,我是个非常谦让的人。"那天爵士穿着带格子的法兰绒衬衫、喇叭口牛仔裤,戴一顶牛仔帽——此地男人惯常的衣着。不过我喜欢他的靴子。尖头、深栗色,脚踝上方嵌有猫王的照片。这双靴子是他在法国弄到的。那天晚上我们出去吃烧烤，他给了我一些带黑色蕾丝的桃红色内裤。从那以后我们成了好朋友，但我们似乎从来没有认真过。我觉得他心里有很大的恐惧。

他的卡车驾驶室里很闷，有股我坐过的所有男人的卡车里都有的油污味。我摇下车窗，感受着河面上的微风。爵士一路上喋喋不休，直到我们来到了乡下。然后他似乎安静下来了，好像我们正走进一座宏伟的古老教堂。

我们行驶在一条州际公路上，蜿蜒的公路舒适地穿过散发着沼泽和松树气味的低洼地。没有房屋，没有灯光。时不时地，我们会经过一个地方，那里的野葛让电话杆和灌木丛看上去像是盖着保护布罩的巨大家具。在一个停车标志前，我让爵士直行，而不是沿着主干道走。很快我们就来到了一个岔路口，那里除了一个我知道的五十年代被烧毁的教堂的旧标志外，没有其他的标识。我们看见一辆横跨在沟渠上的废弃的皮卡车。道路变成碎石子路后，我数着岔路口，在找第四个。爵士换了挡，我们呼哧着开上一座小山。

"知道他为什么住在这么偏远的地方吗？"爵士边说边刹住车，并熄掉引擎。小屋里没有灯光，唐的摩托车不见了。爵士去灌木丛里方便了一下。这是个半月夜，那种只能看见剪影的夜晚。我觉得我看见唐站在小屋旁边，在拐角处凝视，观察着我们。

爵士把手伸进开着的车窗，按了一下车喇叭。

我听见一只猫头鹰回应了一声。小时候，我以为猫头鹰是负责"审判日"牧师的使者。"谁将受到审判？"我记得我们的牧师在问，"谁？"那个时候，我就把"审判日"想象成一场精心策划的盛会，就像一个超长的电视马拉松节目或一场致敬音乐会。对于宗教我从来就不认真。我很高兴没有强迫孩子们进入宗教可怕的魔掌。但也许问题就出在这里。

我们站在有点坍陷的门廊上，门廊上摆放着渔网和装着空瓶子的箱子——可乐瓶和啤酒瓶。皮卡车的灯光把我和爵士的身影投射到小屋的窗户上。我试着推了推门，打开的门通向厨房。

"唐？"我喊了一声。

我找到了厨房的灯，只有一个灯泡和灯绳。灯绳是新的，摸上去还硬邦邦的，末端的金属小球光亮冰凉。这让我想起了吉姆·埃德和我刚结婚时旧家浴室的灯。那是我早晨爬起来冲进去呕吐时触摸到的第一件东西。

桌子是为单人用餐摆放的，盘子面朝下扣着，玻璃杯也倒扣着。另一个杯子里放着各式各样的餐具。一个小托盘里放着葡萄果冻、糖、速溶咖啡和倒扣着的马克杯。

小木屋只有一个房间，沙发床收拾得很整洁，铺着一床我的旧被子。我在床上坐下。我有种奇怪的感觉，好像我这辈子都在沿着一条荒野的小径蜿蜒曲折地往前走，来到了这个特定的地方。我盯着被子上熟悉的图案，女孩子的裙子和男孩子的衬衫上的碎片。有些方块是凯茜缝上去的。如果仔细看，或许能挑出她稚嫩的针脚。

"真奇怪。"爵士说，他正在研究用门做的长桌上零散摆放着的动物骨头，"你觉得他打算用这些做什么？"

"他一直喜欢生物学。"我说，从床上站起来。我把被子抚平拉直了，脑子里想着金发姑娘闯进三只熊家里的故事[1]。

桌子上乱七八糟：骨头、小工具、美术笔和钢笔，一只咖啡杯里浸泡着一个烟头，更多的烟头窝藏在一只翻过来的乌龟壳里，一些明亮的箔纸、一块油腻的抹布。爵士翻着一本画着牙齿和鱼骨的画册。

"他一定是在社区大学上暑期课程，"我惊讶地说，"他春天说过这件事，但我不相信。"

"看看这些。"爵士说。"太好了。他是怎么画出来的？"他惊讶地说。

我们研究着这些图画。从那些仔细、准确的线条上，我隐约看见我幼子的影子，还有贴在厨房墙上的色彩斑驳的怪兽蜡笔画。看见他的努力突然间成熟了，就像遇见一个我认识但又想不起来的人。大部分的图画是骨头的特写，但也有一些鱼和鸟的素描。

---

1 英国作家罗伯特·骚塞的童话故事《金发姑娘和三只熊》(*Goldilocks and the Three Bears*)里的情节。

我更喜欢这些素描。它们有生命。我急忙翻完两打不同的鲇鱼。鱼又瘦又长,像鱼雷一样。鱼的胡须狰狞地弯曲着,身体上的斑点准确无误。这些鱼看上去甚至有点滑溜。我盯着鲇鱼,几乎像是期待着它开口说话。

我从图画本里抽出一张白纸,写了一张便条:

亲爱的唐:
　　现在是晚上10:30,礼拜五,我和一个朋友过来看看你是否在家。我们只是顺道过来打个招呼。告诉我你过得怎么样。没什么事情。有些好消息,我很想见你。

　　　　　　　　　　　　　　　　　　　　爱你
　　　　　　　　　　　　　　　　　　　　妈妈

"看上去不那么苛求吧?"爵士看字条时,我问他。
"不苛求,一点也不苛求。"
"几乎就像电话留言机上的留言——虚假且不自然。"
爵士像是以为我会哭似的抱着我。我没有哭。他扶着我的肩膀,直到确定我忍住了眼泪,然后我们就离开了。我说不清我为什么不哭。但没有什么不好的事情。没有悲惨的事情发生。我的女儿要生孩子了——这是个好消息。我儿子画了一些鱼骨头——画得像花边一样精致。

"我和我的好主意。"爵士抱歉地说。

"没什么,爵士。我改天再去找唐。"

开车离开时,爵士说:"这里的荒野让我想要出门走进去。我有个主意。明天我们去肖尼国家森林公园,找条小路来一次长途徒步。我们可以背上背包和所有的东西。我们去探索洞穴!我们去寻找熊什么的!"

我大笑起来:"你可以是丹尼尔·布恩[1],我可以是丽贝卡。"

"我不觉得丽贝卡会去徒步。你得是丹尼尔勾引上的印第安少女。"

"丹尼尔·布恩真会做那样的事情?"我说,假装受到了冒犯。

"他是一个真正的探险家,不是吗?"爵士说,就在这时一只鹿游荡着穿过公路,他及时打开了大灯。

爵士以为他在努力让我振作起来,但是我已经开心得都无法告诉他了。我让他继续。他在努力让我振作的时候最性感了。

天色已晚,我最终去了爵士的住处,一个凌乱的公寓,一套

---

[1] 丹尼尔·布恩(Daniel Boone,1734—1820):出生于美国宾夕法尼亚州伯克县的著名拓荒者和探险家。他的探险事迹使他成为美国的民间英雄,其最著名的事迹是在1775年成功通过了坎伯兰峡谷,开拓了荒野之路,使得现在被称为肯塔基州的地区被纳入美国联邦。后面提到的丽贝卡是丹尼尔·布恩的妻子。

音响系统接通每一间房间。他的狗布奇在门口迎接我。爵士带布奇去遛弯那会儿,我四处窥探。我在冰箱里找到一瓶啤酒。打开易拉罐时遇到一点麻烦,啤酒喷在了爵士用餐的桌椅上。他回来后,我开始用他拥有的女人内衣取笑他。

"穿几件嘛。"我恳求说。

"你疯了吧?"

"为我穿一次嘛。我不会说出去的。闹着玩嘛。"

我不停地逗他,他屈服了。我们找不到合身的衣服,就把两副胸罩钩在一起,又弄了个绕颈系带。配上柠檬绿比基尼三角裤(他自己的),他看上去棒极了,像色情杂志上的男人。男人真正穿在里面的东西总让人感到意外。我想找些音乐在爵士的高级音响上播放。我想找"埃弗利兄弟"的歌,但没找到,就放了一张乔治·温斯顿[1]的CD。我不想冒犯爵士,从来没对他的音乐品味发表过意见。我极度兴奋,伴随着音乐,脚步轻盈地从一个房间晃到另一个房间,想象播放的是《但愿是我》[2]那首歌。我突然有了一个强烈的愿望,想再次见到吉姆·埃德。我想告诉他唐去上学了,在画画,又与外部世界接触了。我想在他的脸上看到唐的痕

---

1 乔治·温斯顿(George Winston,1949—2023):美国钢琴家和作曲家。
2 《但愿是我》(*Let It Be Me*)是一首传唱了几十年的经典歌曲,翻唱的人非常多,但最广为人知的是"埃弗利兄弟"演唱的版本,这首歌也成为他们的经典歌曲之一。

迹。我想在劳拉的孩子出生时和他一起去亚利桑那看望他们。我们可以拍一张全家福——吉姆、我、劳拉和小宝宝。孩子的父亲没有进入我的想象。

我突然意识到了解一个人需要很长的时间。难怪你一生会经历好几个人，就像试穿不合身的衣服一样。毕竟可选择的有很多，不过我和吉姆·埃德结婚更像是一次冲动性的购物，买下你第一眼看上的东西。然而在那方面我已经学会了相信自己的直觉。吉姆·埃德一直就是最适合我的人，我草率地认为。而且我从来都对吉姆·埃德不好。那时我还太小，不能把自己放在另一个人的位置上。可以说在想象力上很无知吧。过去我因为他的土气而瞧不起他，吃饭时胳膊搁在桌子上，用手背擦嘴。我认为他应该表现得文明一点，而他却我行我素，我因此生他的气。现在我知道了你无法改变男人，有时候我向往的做派原来是那么的虚假。不管在什么情况下，吉姆·埃德这样的人似乎总在做自己。我断定这就是我仍然爱他的原因，这时我意识到我正盯着镜子里爵士的身影——柠檬绿衬托着他金黄色的皮肤，上面点缀着录音机发出的光点。

爵士跟着我走进卧室，我们把身上的法式衣服往下脱。我意识到爵士在说话，意识到他意识到了我可能没在注意听。这有点像在我的社区小型访谈上听别人讲故事。他在说："法国有这么一条街，rue du Bac[1]。他们把街叫作'rue'。上次我离开莫妮克和两个孩子的时候，就在那条街上，一条拥挤的商业街。那边的人个头比我们小，他们长着蓝黑色的头发，深邃的黑眼睛，皮肤的颜色特别浅，像鸡蛋的颜色。我挥手和他们告别，他们三人立刻就融入人群消失了。那是他们所属的地方，所以我在这里。我想你可以说我只是不会说法语[2]。"

"带我去法国吧，爵士。我们会玩得很嗨的。"

"没问题，宝贝。等到了早晨吧。"爵士转向我，抚平我肩头上的被子。

"我爱你。"爵士说。

白天我醒来时，爵士仍然抱着我，像母亲护着孩子一样缠绕着我。音乐还在播放，没完没了地重复着。

---

1 法语，巴克街。
2 原文为法语"parlez-vous"。

托布拉

杰姬·霍姆斯坐过两次飞机。第一次是在 1980 年，从肯塔基去加利福尼亚，飞行包括晚餐——牛仔骨和意大利肉卷二选一。杰姬要了意大利肉卷，因为她不知道那是什么。浮在云朵上方有种不真实的感觉——还是孩子的时候，她想象上帝就住在那里。在洛杉矶，表妹带她去了迪士尼乐园、明星的住宅和环球影城。她们驶过日落大道，那里的棕榈树高大壮观。杰姬有种被优待的感觉，好像她这一生，在此之前，都没见过什么世面。

第二次是去俄克拉何马州，就在不久前，情况则不太一样。

在塔尔萨[1]，杰姬安排了她父亲的葬礼。自从父母离异、她父亲去了西部后，她已有三十五年没听到他的消息了。她几乎认不出躺在棺材里的那个男人了。她父亲的眼睛是他最令人难忘的特征——眼窝很深的黑眼睛，和她自己的一样。但是此刻的他闭着眼睛，对她的疑问无动于衷。送葬的人（那些曾和他一起在肉类加工厂工作的同事）并没有告诉她太多的东西。乔一直在酗酒，他的皮卡车滑下路堤。似乎没有人感到惊讶。他没有留下钱或有价值的财产。她带回家一条破旧的军毯，她从小就记得那条毯子，但从那时起就再也没有想到过它。

不过还有个东西。她父亲留下了一个孩子。这个小姑娘由一位邻居照看着，那个女人自己有三个孩子。她告诉杰姬，小姑娘的母亲前一年去世了，乔一直很沮丧。他留下一份遗嘱，指定杰姬为教母。经过玫瑰红砖墙的法院大楼里的一番繁文缛节后，杰姬奇迹般地带着孩子离开了俄克拉何马州。杰姬今年四十四岁，同父异母的妹妹快五岁了。杰姬早已习惯了没有孩子的失望，意识到她有点害怕小孩子。她觉得自己像个绑匪。

托布拉，那个小姑娘，没有被带去参加葬礼，她似乎并不好奇她父亲去了哪里。飞机上，她在过道上来回穿梭，与乘客交谈，躲避杰姬的问题。杰姬还不习惯小孩子不受管束的能量——在座

---

[1] 塔尔萨（Tulsa）：美国俄克拉何马州第二大城市。

位上扭动和蹦跳，她的手和身体都很忙，但总是丢三落四。在杰姬清理过的昏暗公寓里，她只找到几件属于托布拉的物品——一些小玩具、一个洋娃娃和一只泰迪熊、几件T恤和几条短裤。

"你不冷吗？"杰姬抬手把头顶上方吹出的气流转开时问道。

"不冷。"

"等我们到家了，我给你买几条牛仔裤，"杰姬说，"再买一件长袖衫。你最喜欢什么颜色？"

"绿色。"

"绿色？我喜欢蓝色。"

"我不喜欢蓝色。"

托布拉睡着后，杰姬在头顶上方的行李舱里找到了一条毯子，盖在小女孩身上。杰姬放军毯的手提箱被塞进了飞机的肚子里。航空毯是亮蓝色的，由某种泡沫合成材料制成。外面，云朵像泡泡浴一样翻腾着。

"是什么让你觉得自己能抚养一个孩子？"杰姬带着托布拉来见母亲洛兰时她问道。托布拉在后廊上和母亲长得像拖把一样的哈巴狗玩耍。母亲住在老城区一栋木结构的小房子里。

杰姬没有搭理那个问题。她母亲对所有的事情抱有同样的态度——一辆新车，一件电器，甚至一次夜晚出游的花费。她有一个一加仑大小的桶，里面装满了硬币。

"你觉得头发是漂过的吗？"洛兰问。

"我们只能拭目以待了。"杰姬不耐烦地说。

托布拉的肤色黝黑，一头短而密的浅色卷发，发根处的颜色较深。她的眼睛是黄玉色的，里面闪烁着绿色新T恤映出的绿色斑点。

"那个名字听起来像外国的。"洛兰说。

她不停地把烟灰弹进一个塞得满满的烟灰缸。灰色三合板的桌面上有香烟烫出的痕迹，墙被煤气炉的烟熏黄了。自从退休以后，杰姬的母亲就不再照管自己的家了。她在工厂做了三十年的领班，现在她只想坐着。她经常惹杰姬生气。

托布拉撞开门跑进来，跟在她身后的狗兴奋地叫着。她要了一杯水，一边大口从杰姬递给她的杯子里喝水，一边继续和狗玩——轻轻推它，用手指戳它。她扭动着身体，咯咯地笑着。

"宝贝，告诉我，"洛兰说，搂着托布拉，"你的名字是哪儿来的呀？是你妈妈给你起的吗？"

"从一个故事里。"她说，举起杯子让杰姬拿走。

"有什么寓意吗？"

托布拉从洛兰的手臂里挣脱出来，抓起地板上一块咬烂了的生皮做的假骨头。

"你愿意我们叫你托比吗？"洛兰问。

"不。"托布拉揪揪自己的头发，抄起小狗，又跑出后门。

"好吧!"洛兰说,叹出一口烟来,"你怎么看?"

"她不愿意说她妈妈——或爸爸,"杰姬说,"我已经试过了。"

托布拉告诉杰姬她不记得她妈妈了。她说她爸爸出远门了。他可能不会回来了,她说。

杰姬确实没能力在孩子身上花太多的钱,不过在她看来,如今孩子们拥有的太多了。她加州表妹的孩子有一房间从来没玩过的昂贵的毛绒玩具。杰姬的房子是一栋简朴的牧场式砖房,还是她在第二次婚姻期间购置的。她把缝纫间腾出来给托布拉,杰姬的叔叔婶婶把不用的旧单人床给了她,别人庭院出售旧物时她买了些玩具和家具,又从朋友那里收集了一些他们的孩子穿不下的衣服。杰姬天生不会嗲声嗲气地和小孩子说话,只得尴尬地站在商店的柜台和收银台前,而别人则热情地和这个小姑娘说个不停,好像她是一只被绳子牵着的宠物。他们竟然说她太漂亮了。被别人看到和托布拉在一起,杰姬感到一种陌生的自豪。人们代表性的问题包括:"你是谁家的小姑娘?""你几岁了?""你上几年级?"杰姬问过别的孩子同样的问题,以前她从未意识到这些问题有多么老套。然而它们是真实且重要的问题。你是谁家的小姑娘?她想知道。你的头发是从哪儿来的啊?

半夜里,杰姬有时候听见托布拉发出的响动,以为家里进贼了,然后才想起来是托布拉。一天夜里醒来,她发现托布拉蜷缩在她身边。好像孩子不想暴露自己的需要，等杰姬睡着了才爬上来和她睡在一起。杰姬想知道的太多了。托布拉的母亲长什么样？她父亲爱托布拉吗？他给她买过圣诞礼物，和她一起玩洋娃娃吗？杰姬很小——大约和托布拉差不多大的时候，有一次她父亲周末去田纳西。她焦急地等着他回来，等了一整天，直到等待的兴奋让她筋疲力尽时，他终于露面了。他忘记给她带礼物了。他答应给她带一个上面写着"田纳西"的纪念品。当他最终永远离开后，她很高兴。她母亲鼓励她忘掉他。

杰姬拼凑了一些与托布拉有关的事实。她不识字，从未上过幼儿园，但去过某种日托机构，一个很大的地方，数百名儿童在下午排队领雪糕。他们在垫子上午睡。据托布拉说，负责那里的女人"头发蓬松，大玻璃眼珠，大屁股"。

"你还想念那个地方吗？"她们从俄克拉何马回来几天后的一个早晨，杰姬问托布拉。杰姬在做上班前的准备——她的丧亲假结束了。丧亲就是个玩笑，她一直这么认为。

托布拉用脚踢着厨房椅子的横档。她直接从盒子里吃麦片。"闻起来像坏掉的肥皂。"

"我有个惊喜，"杰姬说，"我上班的时候你有地方去了，比俄克拉何马的那个地方好。"

"我不想去。"

"去吧，很好玩的。"

"他们说不对我的名字。"

"这个嘛,这里的人和俄克拉何马那边的人口音不同。他们有时候发音不对。你需要有点耐心。"

托布拉消失在她的房间里。杰姬进去找她时,发现孩子已像礼貌的客人那样整理了她的床铺,把她的洋娃娃和小熊放在枕头上。床罩歪斜着,床单拖到了地板上。

"我回来之前不许动。"托布拉对玩具说。

杰姬把托布拉留在"儿童世界"时,想知道一个母亲第一次放手自己孩子时的感受。白天,她想起了托布拉临别时看她的眼神。她似乎很平静,没有害怕或腼腆,好像已经习惯了被人扔在一个陌生的地方。放学的时候,日托主管费尔兹太太告诉杰姬说托布拉精力充沛,有点爱指挥人。"需要培养她做游戏时的合作精神。"那个女人说。托布拉独自待在一张桌子跟前,全神贯注地把复印在纸上的猪涂成红色。她的牛仔裤和T恤都弄脏了,头发乱成了一团。

回家后,托布拉径直跑进自己的房间。在厨房放食品杂货的杰姬能听见她说话。托布拉在和玩具说:"我告诉你们待在这里!但你们一直在跳舞。我说了你们不可以跳舞。但你们只想着跳舞!"

杰姬在门口看着托布拉摔打洋娃娃和小熊,用它们相互拍打,直到洋娃娃的帽子掉了下来。打完玩偶的屁股并威胁它们没晚饭吃后,她把它们放回枕头上,下了新命令。

"不许跳舞。不许到处乱跑！"

杰姬结过两次婚，一次是在二十多岁，一次是在三十多岁。丈夫们的样子已经模糊了。第一任，卡尔，豪爽但不成熟。他把杰姬和自己看成一对"欢乐夫妻"。第二任丈夫杰瑞性格温和安静，但他藏的东西太多——对他母亲的依恋、他的秘密抽屉，甚至失忆。他开始把自己锁在浴室好几个小时，可把她吓坏了。她仍然能在镇上见到他，他们友好地交谈，就像他们住在一起时那样。过去这几年，她一直在和鲍勃·伯恩斯交往。他们有默契。他们知道根据两人同属的教会，这种关系是错误的，但他们拿定了主意，婚姻的合法性其实就是一张纸。杰姬觉得他们已经在脑子里把这件事想清楚了，这让他们可以自由地相爱。她想在合理的范围内与时俱进。

"我不能去你的公寓过周末了。"托布拉到来两周后她在电话里告诉鲍勃，"你得来这里。我不能拖着她到处跑。我想要她知道哪儿是她的家。"

"你确定要我过来吗？我可能会让她产生困惑。"

"不会，过来吧。我需要你。"

鲍勃穿的牛仔裤仍然是他高中时的尺码，甚至有条旧牛仔裤来证明这一点。他打高尔夫，不喝酒。他离婚了，有两个已成年的女儿，一个在空军；另一个在路易斯维尔，怀孕了。他似乎觉得成为外公想想就很恐怖，而杰姬一直担心他将怎样适应她的新境况。此刻，在他们通电话的时候，她凝视着她为托布拉贴在窗户低处的一个色彩鲜艳的独角兽贴花。现在杰姬似乎特别关注自己以前没有注意到的东西——儿童视线水平上的小东西，比如餐巾架和橱柜门把手。她试图告诉鲍勃这件事。她说："这让我想起了冰霜杰克[1]。还记得窗户上的那些漂亮图案吗？只有孩子才能看到那些东西吗？我以前在祖母家见到过。"

"冰霜杰克不会再来了。"

"为什么？污染？"

"不是。双层玻璃窗和中央供暖。在不隔热的旧房子里才能看到冰霜杰克，那种房子的窗户都是单层的。霜是凝结在玻璃内侧的湿气。"

"太神奇了。这算是进步吗？"

她总是依靠鲍勃来获得知识。

周五过来时，鲍勃显得很焦虑，对工作中发生的事情愤愤不平。他说："我在装卸台等这个笨蛋等了一个半小时，后来才发现他在商场和女朋友一起挑选餐具。他忘记把货物带过来了。"

"我想他脑子里有比水泥更重要的东西吧。"杰姬说着从他手里接过帽子。进家后他总是把帽子脱下来，她觉得这很有趣且不寻常。

---

[1] 冰霜杰克（Jack Frost）是西方民间传说里冬天的精灵，冬季窗户玻璃上冰冻结霜形成的蕨叶状花纹，被认为是冰霜杰克留下的痕迹。

她认识的大多数男人对帽子都有近乎狂热的忠诚,室内室外都戴着。

"这年头你没法指望年轻人。"鲍勃一边说,一边在杰姬的药柜里找创可贴。他的手指被垃圾邮件的纸张割了个口子。

"年轻人?为什么这么说,你没那么老!我希望等我到了五十岁,没觉得我的生命已经到头了。"

吃完晚饭,杰姬洗盘子的时候,托布拉突然开始用铲子拍打沙发上的靠垫。

"好好打它们一顿,宝贝。"杰姬说,"它们欠揍。"

"我要去药店买点抗组胺药。"鲍勃边说边找帽子,"有人想去吗?"

"你对这儿的什么过敏吗?"杰姬问。

"没有。我的鼻子痒了一天了。"

"如果你的鼻子发痒,那表明有人要来了,他的裤子上有个洞。"杰姬调侃道。

"我裤子上有个洞。"托布拉说,咯咯地笑着。

鲍勃戴上帽子。"你们去吗?"

杰姬说:"不去了,我们有事情要做。"她在厨房又找了一把铲子,开始用力击打窗帘。"高的地方比较困难。"她对托布拉说。

"你们不是应该在外面拍打地毯吗?"鲍勃出门时问了一句。她们在拍打沙发、椅子、长绒地毯。她们趴在地上拍打地毯,扬起纤维和尘土。

杰姬打了个喷嚏，托布拉说："太好玩了。"杰姬体验到了放纵的快乐，她认为这种感受只有小孩子才有。她记得小时候有过一次这样的感受，一种毫无意义的快乐——在床上蹦来蹦去，被墙弹回来，嘴里反复念着"小小波比普，睡得真叫熟"[1]。

托布拉走起路来急起急停，仿佛是在模仿某个老派的喜剧演员，或是在仿效一段私密的记忆。她蹦蹦跳跳地沿着一垄垄草莓往前跑，然后停下来摘一颗明亮的草莓。

"逮到你了！"她大喊一声。她在"儿童世界"学会了这句话，并把它用在所有场合。

杰姬的朋友安娜贝尔带她们去镇子南边的农场采摘草莓。这是最后一批草莓，那块地已经干透了。托布拉采集了各种各样的草莓——绿色的、变形的、烂掉的，也有熟透了的。杰姬感到温暖和平静。托布拉棕褐色的皮肤在早晨炎热的阳光下熠熠生辉，她不时扯一把头发，把卷发拉直了。

"别采绿色的。"杰姬说，但托布拉不理睬她。杰姬对安娜贝尔说："我不确定什么时候需要更正她，什么时候随她去。"

"等到她开始上学吧。"安娜贝尔同情地说，"你跟不上她的节奏的。"

---

[1] 英语儿歌《小小波比普》（*Little Bo Peep*）中的一句歌词。

"她总是忙这忙那的。"杰姬说,"她的专注力很强。"

"她肯定以前没怎么看电视。"

"不知道。她的话不多。"

"她在压制自己的悲伤。"安娜贝尔是一家社会服务机构的临时打字员,她喜欢用知识渊博的口气谈论她打字时见到的案例。

"这么小的孩子知道什么悲伤?"杰姬问。她把一颗烂草莓扔过几条田垄。

安娜贝尔怀疑地摇摇头。"你可以接纳受过创伤的孩子,把世界上所有的爱都给他,但孩子可能需要好几年才会信任你。"

"这也太荒唐了吧。"

杰姬立刻后悔自己说话的语气。安娜贝尔的儿子正在接受药物依赖治疗,而且杰姬知道安娜贝尔为此责怪自己。但是杰姬觉得自己体内的某个安全阀像是坏掉了。她对成人的看法失去了耐心。她只想和托布拉玩。她们一直在读书——图书馆借来的一摞摞的故事书。托布拉很快学会了认字。她们一起看录像。她们搭建纸村庄和积木商场,用纸片做的洋娃娃充当购物者。她们收集毛绒玩具、庭院售物上的便宜货。昨天她们还喝了下午茶。托布拉把一团毛线缠绕在桌椅上,做了个绿色的大蜘蛛网。杰姬不得不把它剪开,毁掉了价值五块钱的毛线。杰姬小时候会因浪费毛线而受到惩罚,但现在她甚至都无法责骂托布拉。杰姬太惊讶于有人会想到以这种方式绕毛线。这是一种创造。

杰姬正忙着采摘草莓，托布拉朝她走来。一只蜘蛛从一片叶子上跳了下来。杰姬抬起头来。托布拉手里握着几颗红色的草莓，嘴上沾着红色的污渍。她的头发在强烈的阳光下发出亮光。

"我要走了，"她哼哼唧唧地说，"我热死了。"

"我好了，"安娜贝尔说，"我的筐子已经满了。"

他们拿着草莓到主人家付完款后，把草莓倒进他们带来的大金属罐和塑料盘子里。杰姬小心地把装草莓的盘子放在汽车后座上，紧挨着托布拉。杰姬为她系好安全带。当她扣上带扣并拉紧带子时，托布拉的指甲不小心刮到了杰姬的手腕，出血了。杰姬从来没有想到小孩子的指甲需要修剪。她盯着那些像鱼鳞一样透明的小指甲。

"她有没有让你想起小时候的我？"杰姬问她母亲。

"你自己也不那么确定吧。"

"你觉得我看上去像她吗？"

"我在她身上看不到你。也许我不想看到。我只看到了他。"

洛兰在给蛋糕抹奶油，她停下来，点了根烟，把烟在台子上叩了叩，就像杰姬记得的她父亲叩击他不带过滤嘴的"好彩"牌香烟一样。好彩。LSMFT[1]，她无缘无故地想起了那句广告词。洛

---

1 20世纪五六十年代的香烟广告，是"幸运的叩击意味着好香烟"（Lucky Strike Means Fine Tobacco）的首字母缩写。

兰用沙哑的烟嗓说："相信我，没有她爸她会活得更好。"

"你为什么还像怨妇似的？"

"估计我愿意这样。这是我的特权。"

杰姬躲开她母亲喷出的烟雾。"你恨爸爸吗？"

"我估计我恨，到了最后。我让他走的。我再也受不了了。他总在抱怨，从来不享受任何东西。"洛兰打了个激灵，"那是最糟糕的地方。他太讨人厌了。他以为自己比谁都好。他总是抱怨这个世界在走向地狱。没法容忍这样的人。"

杰姬站在托布拉身边，低头寻找她和这个正在睡觉的孩子之间的相似之处。她能看到与自己的上嘴唇、窄额头、眼睛下方的阴影隐约相似的地方。杰姬听说计算机可以通过组合照片来创造新的面孔。想象梅格·瑞恩[1]和西尔维斯特·史泰龙[2]的交集让她觉得好笑，还有纽特·金里奇[3]和莫妮卡·莱温斯基[4]。她自己童年的

---

1 梅格·瑞恩（Meg Ryan，1961— ）：美国女演员。首部让她走红的电影是1989年的浪漫喜剧《当哈利遇到莎莉》（*When Harry Met Sally*），为她赢得金球奖最佳女主角提名，成为20世纪90年代至21世纪初最成功的女演员之一。

2 西尔维斯特·史泰龙（Sylvester Stallone，1946— ）：美国男演员、导演及制片人。通过《洛奇》《第一滴血》等系列电影，奠定了他在好莱坞武打动作巨星的地位。

3 纽特·金里奇（Newt Gingrich，1943— ）：美国共和党政治人物，曾担任众议院议长。

4 莫妮卡·莱温斯基（Monica Samille Lewinsky，1973— ）：前白宫实习生，由于20世纪90年代在白宫工作时与时任美国总统克林顿发生性行为造成绯闻，从而引起公众的注意。

感受浮现了：后院葡萄架上葡萄的味道，紫色葡萄皮的甜味激发出葡萄果肉的酸味；蹲在复活节草丛中的粉红色棉花糖兔子细沙子一样的质地；一年级食堂里"邋遢乔"[1]难闻的味道。

鲍勃本该过来玩的，但他来晚了，托布拉已经睡着了。他带他母亲进城了。今天是发社保支票的日子。他母亲不开车，自从他父亲去世后，鲍勃就在帮她跑腿办事，带她出门。他母亲一直在问他和杰姬之间的关系到底算什么。她说她跟不上那些替代婚姻的新名词。一个星期天，当鲍勃、杰姬和托布拉一起出现在教堂时，鲍勃的母亲感到很尴尬，教会会众似乎也很震惊。从那以后，杰姬就再也没和托布拉一起回到教堂。

九点过十分，鲍勃过来了，他给托布拉带了冰激凌——开心果味的，因为颜色好看。

"她已经睡着了。"杰姬说，"她吃了个热狗，但我还没吃饭。我在等你——不过炖肉已经干掉了。"

"我喜欢吃干的，"他咧嘴一笑，"像肉干。"

"哦，你只是随便说说。"

"不是，是真的。"

"你知道托布拉今天说什么了？她说香蕉闻起来像指甲油。"

---

[1] 邋遢乔（sloppy joe）：一种用牛肉末、洋葱和番茄酱做的简单三明治，常用作美国小学生的免费午餐。

杰姬把一根香蕉杵到他鼻子底下，他闻了闻，"有点奇怪吧？"

"她是对的。"鲍勃说，又闻了一下香蕉。

他把冰激凌放进冷藏箱，用手指蘸了一点放在柜台上的碗里的生奶油。杰姬正在做吃了会有犯罪感的蛋糕。

"我觉得现在的童年完全不一样了。"杰姬说，"我记得童年时要是哪个孩子那样说香蕉的话，会被别人嘲笑的，但如今大家却称之为'创意'。"

"没错，"鲍勃说，"我记得你只去想自己买得起的东西。如今的孩子要啥有啥，所以他们的想法完全不受限制。"

"是的，天空才是极限。"杰姬把餐具垫重重地放下，"搞不懂，"她说，"不知道这世道会变成啥样子。"

吃完晚饭，他们在杰姬的卧室看电视。杰姬担心托布拉会撞见他们在床上。今晚他们看的是杰姬下午租的录像带《大出意外》。这部电影有个非常性感的场景，但他俩都不兴奋。电影结束时已经半夜了，他们还穿着衣服。

"我马上回来。"杰姬说着开始下床，"我去察看一下托布拉。"

鲍勃拉住她的胳膊。"你察看婴儿——不是五岁的小姑娘。"

"我想看一下风扇的风是不是太大了。"她缩回胳膊，"你是不是觉得我太过于呵护了？"

"我怕你太依恋她了。"他伸手温柔地搂住她，"小孩子很难缠，"他说，"他们知道怎样伤害你。"他撩开她额头上的一个发卷。

"但是爸爸把她给了我。过了这么多年,也许这是他对我的一种补偿。"她靠着靠背坐直了,"这个混蛋,"她说,"我比托布拉大不了多少他就离开了我。现在他也起身离开了她。好吧,我们做给他瞧瞧!"

"你有点过分了,杰姬。"

"说什么傻话!我这一生到底算啥?没孩子。两段糟糕的婚姻。我敢肯定是他的错,从开始阶段毁掉你。"

"你对自己太苛刻了,杰姬,"鲍勃说,"也许你不该成为抚养她长大的人。"

她打开平装本小说。词语从她眼前飞过。她几乎没有意识到这本书,琢磨书是不是拿反了。她看见自己坐在那里,注意力不集中,没有领会书的内容或鲍勃在想什么。托布拉、鲍勃和杰姬,一个古怪的小家庭。杰姬把他们构想在一部电影里——乖僻的妈妈、长期受苦的爸爸、早熟的孩子。或者,绝望的妈妈、不中用的爸爸、恶魔般的孩子。

* * *

周末杰姬通常睡得很晚,一个周六她醒来后发现,托布拉几乎把一罐花生酱全吃光了。杰姬不知道是什么阻止了这个孩子离家出走。有时候她似乎充满了秘密的知识(可能只是从电视上学到的东西，杰姬想），而其他时间里却像刚从一个地洞里钻出来。她最喜欢的图书是《饥饿的公主》和《愚蠢的猫》，杰姬认为这些书更适合比她年幼的孩子，不过她已不确定什么适合什么不适合了。有一天在杂货店，托布拉要买猫粮和猫砂，杰姬不得不停下来想一想她们不能买的理由。杰姬开始喜欢比萨和墨西哥夹饼这样的儿童食物。有天晚上，她们甚至用花生酱棉花糖浆三明治和可乐当晚饭。那是托布拉在"儿童世界"最难受的一天。梅丽莎·麦凯带来了她的小马宝莉，她不让任何人梳它的尾巴。好几个孩子都哭了。

晚饭后，托布拉不慌不忙地给她的涂色本涂色，注意力高度集中地忙活着。蜡笔散落在厨房的桌子上。托布拉移动身体时，一支蒲公英黄的蜡笔滚到桌边，杰姬伸手接住了它。托布拉在给一位被小丑们围绕着的芭蕾舞女演员涂色。她解释说："这位小姐正在告诉小丑们她丢掉的梳子，他们说找到这把梳子的人会是一位王子。如果她能找到他而且他有那把梳子，她就会成为公主。"

"听起来像灰姑娘的故事。"

托布拉使劲摇着头。"这位小姐没有凶恶的姐姐。没有人逼她工作。"

"可是灰姑娘想要工作啊。"杰姬说，"灰姑娘决定不和王子结婚了。她决定去上医学院，成为一名医生。"

"不对,她没有!你总是这么讲。你讲得不对。"

"所有人都需要工作。"杰姬说,用手指转动一支深褐色的蜡笔,"我母亲在我上班的工厂工作。她一天要站八个小时。她没有一位王子。只有她和我。"

"我们可以养一只沙鼠吗?"

一天前,她们在宠物店看到过沙鼠。

"我们不能在家里养宠物。这么小的房子里面不允许养宠物。"

杰姬为这个谎言感到内疚,但她无法想象跟在动物后面清理。她想起了那个夏天,妈妈出去工作,把她一个人留在家里。她太小了,真的不能被单独留在家里。她看电视、听唱片、玩纸牌。她一点也不介意。她喜欢这样。没有人打扰她。托布拉似乎也从来不感到孤单。杰姬很高兴能认出她与妹妹的这种血缘关系。她记得自己一个人玩,从事耗时且引人入胜的项目。她的纸娃娃住在硬纸板街上的鞋盒房子里,室内植物充当了硬纸板街上的树木。她曾经建造了一个完整的小镇,街道是领带做的,商店里摆满了小物件(顶针、纽扣和糖果)。那些地名飘回了她的脑海:桑树街,樱草街。这个小镇被她命名为健康小镇,因为那里的人从来不生病。杰姬在建造健康小镇之前的那个冬天得了肺炎。

"杰姬,'盒子里的杰克'[1],杰姬 O。"这时托布拉说。

---

[1] 盒子里的杰克(jack-in-the-box):一种儿童玩具,打开盒子即有玩偶跳起。

"你怎么知道'盒子里的杰克'的？"杰姬问，"你说的'杰姬 O'又是什么意思？"

"杰姬杰姬杰姬。"托布拉反复念着，把注意力转移到杰姬整齐摆放在鞋盒里的磁带上。托布拉的绿色长袖衫出现了新的破洞和巧克力糖浆的污斑。

* * *

一个月后，杰姬意识到自己可能怀孕了。这个念头似乎很荒唐——一个五岁的孩子进入了她的生活，紧跟着又是一个婴孩，这种巧合也太荒谬了吧。不过杰姬很激动，渴望相信这是真的。她感到整个人被搅动了。她对自己的秘密保持沉默，和朋友一起逛店，早晨和小区的妇女一起走路来锻炼身体。她醒得早，等待着本该到来的恶心，但她只感到了期待。她觉得她的血液像是已经碳酸化了。

到了与医生预约的时间，杰姬推算她可能已经怀孕六周了。她带上了一份清晨的尿液样本，装在纸袋子包着的果冻瓶子里。她在一本女性杂志上读到她应该这样做。同一本杂志称大龄人生孩子是一种健康的恢复系统活力的方法。

"谢谢你这么做。"医生把纸袋放到一边时活泼地说道，"但我们不再那么做了。我们改做血液检测。它们更准确。"

让杰姬感到困扰的是科学知识似乎像时尚潮流一样在变化。

在护士检查她的手臂，试图找到一条静脉的时候，医生说："在你这个年纪怀孕非常不寻常，尤其是如果你以前从未怀过孕的话。尽管如此，你这个年纪的女性生出过健康的婴儿。"以他的语气，杰姬觉得他还不如说："据说有你这个年纪的人长出翅膀飞翔。但我从未亲眼见过。"

连接在针头上的管子很粗大。她的血液的颜色很深，几乎是黑色的。当她感觉到血液涌入管子时，一阵恶心袭来，她看到房间变得昏暗了。她努力去想一些平和的事情。她的胃痉挛了。

"我们会帮你把尿样处理掉。"护士说。

下班后，杰姬去托儿所接托布拉。托布拉几乎每天都得到奖励优秀的五角星。"她有原创性，没有被带坏了。"杰姬告诉安娜贝尔。托布拉坐在一张桌子跟前，头埋在一张手指画上，脸上是蓝色颜料留下的条纹。

杰姬擦着托布拉脸颊上的颜料，说："嗨，那不是你的颜色。你的颜色是绿色。"

回家的路上，她们在租录像带的商店稍作停留。穿过购物中心停车场时，杰姬拉着托布拉的手。到了路边，托布拉把手挣脱出来，进入商店后，她盯着一个挂着拐棍的妇女。

"不要盯着人看。"杰姬小声说道。

托布拉轻声说："我觉得她是从飞机上掉下来的。"

"你怎么会这么想？"

托布拉已经在看展示的录像带盒子了。

"我们看《万能金龟车》吧。"杰姬建议说。

托布拉做了个"恶心"的表情。"我要看《E.T. 外星人》。"

"可是我们已经看过两遍了。你不想看别的吗？"

为了避免争执，杰姬立刻租借了《E.T. 外星人》。她不想让任何东西破坏这个夜晚。她几乎有种浪漫的感觉。有一两次，她感到腹部有一种转瞬即逝的蠕动。她不想让鲍勃知道。太私密了。

看电影的过程中，杰姬一直关注着托布拉的活动——给图画涂色，给洋娃娃穿衣服，用脚后跟敲打沙发，在沙发垫下面寻找丢失的洋娃娃的首饰。这个小姑娘似乎很镇静，就好像每个小动作都有其意义和意图。杰姬知道托布拉是在随意测试这个世界，但她想知道这个小女孩面对自己是个孤儿的消息时是否真的勇敢。在托布拉跟着电影朗诵对白时，杰姬清洗了装爆米花的碗并收好爆米花机。她在衬衫口袋里发现了一颗没爆开的玉米粒。

电影结束后，杰姬逮住托布拉，用一个急迫的拥抱紧紧抱着她。

"你爱谁？"她问道，但托布拉扭动着身子，推开了她。

一个超级积木玩具的轮子跳过厨房地板，发出踢踏舞鞋的声音。

第二天下午，工休期间，杰姬给诊所打电话询问测试结果。

医生说："你没有怀孕。"他停顿了一会儿，然后说："我们可以做些荷尔蒙研究，看看发生了什么。我猜你正在经历正常的中年变化。"

杰姬看到一个主管端着咖啡经过。咖啡溅到了地板上，但他没有注意到。这个人甚至都没有意识到他把咖啡洒在自己的裤子上了。

她挂上话筒，用力太猛，话筒从挂钩上跳脱了。突如其来的拨号音像一声警笛。

杰姬和托布拉走遍了整个商场，在托布拉感兴趣的每一家商店都作停留。小姑娘被吸引住了，但杰姬在发愣，几乎没有注意到面前的东西。托布拉吃了比萨，喝了橙汁，得到了一袋小熊糖。她们试穿运动鞋，寻找小马宝莉钱包但没有找到，在一家厨具商店里兜风，抚摸成摞的夏季棉毛衫和T恤，逛遍了每一个玩具区。

"我玩得很开心。"回家的车上托布拉说。她可能是个小客人，礼貌地感谢她的女主人。

"你从哪儿学来这么说话的？"杰姬无法想象她父亲是礼貌的典范。

托布拉没有回答。她在玩一盒磁带，打开又合上塑料盒子。

她打开座位前方的杂物箱,又关上。天黑下来了。周五晚上的车流围绕着她们。前方,一辆小汽车在迎面而来的SUV前面突然左转。夜晚生机勃勃,充满了灯光和速度,托布拉用力拉扯肩带,焦躁不安地在座位上移动着,好像她必须看到所有的东西似的。

她们走进家门时响起了电话铃声。是鲍勃,想知道她们在干什么。他很兴奋。"明天我们一起去塞克斯顿看大脚怪兽卡车赛吧。我们可以带上帐篷在那里过夜。"

"我现在没法想这件事。我们去了商场,我们累了。"

"我会带上一个小冰盒,我们带上些烧烤。"

"我担心如果我们带上托布拉,你会有压力。"

"别说傻话!我和托布拉是好朋友。"

"那些怪兽卡车可能会吓着她。"

"孩子们喜欢那样的东西。嗨,杰姬,你在找借口。你需要控制一下自己的情绪。"

"好像谁都知道我需要什么。"

"我们去吧。我们早点出发,玩上一整天。我早晨八点过来接你们。"

"我真的不想去。"

"我做错了什么吗?"

"没有。我无法解释。我就是累了。"杰姬意识到如果她怀孕了,她肯定不会现在告诉鲍勃——至少要过一段时间。所有女人都这么想吗?当涉及她们对孩子的爱时,必须把其他人拒之门外?

鲍勃仍在坚持他早点过来,杰姬说了再见,然后注意到她带进家的邮件。有一封来自阿肯色州名叫卡纳汉的人的信。她在阿肯色州没有熟人。

亲爱的霍姆斯小姐:

我妹妹贝姬·颂斯·霍姆斯是托博拉的母亲。我妹妹去年8月8日去世(癌症)。我知道根据埃德·霍姆斯的遗嘱,你拥有监护权。为了孩子的利益,我申请成为她的法定监护人。我可以给托博拉一个她应得的家。我丈夫和我有三个孩子——年龄分别为八岁、十岁和十二岁,托博拉会是最小的孩子。我相信他们会很高兴有个新的小妹妹。我们之前见过托博拉,在我亲爱的妹妹去世的时候,我们不想把这个孩子从她爸爸身边带走。失去妻子后,他似乎非常需要她。我们刚刚获悉她爸爸不幸的肥胖,也听说了托博拉是怎样被带去肯塔基的。

肥胖？[1]杰姬意识到那是一个错别字。可是托博拉？她接着读信中把"托博拉"带到阿肯色州的详细安排，以及他们可以提供给她的东西：她自己的房间、一条狗、一个哥哥和两个姐姐。卡纳汉先生是一个纺织厂工人，这封信是他妻子琳达写的，她在一家电话公司工作。这封信写得太漂亮了。杰姬被它的权威性征服了。但那个小错误把它搞砸了。杰姬把信揉成一团，扔进了废纸篓。她用塑料壶接水，给植物浇水。她清理水池，把要洗的碗盘放进洗碗机，用一张纸巾擦掉地板上蔓越莓饮料留下的水渍。这时她听见托布拉在浴缸里戏水、大声歌唱，她在玩。

"站起来，"托布拉在说，"把你的手放在墙上。"[2]

杰姬连忙沿过道跑过去看她。她不知道孩子多大就可以一个人洗澡。她是那么的措手不及。托布拉就像一个梦，一种对孩子的渴望——杰姬的一个迟到的绝望的希望。她必须以某种方式赶上，阅读一些教科书，把事情做对了。

杰姬在日出前就起床了，收拾了一个小包。她催着托布拉起床，吃了一碗麦片粥就上了车。她要开车去东边四十英里外的那个湖。天色渐亮后，她们停在一个小超市外面。杰姬要了咖啡和

---

[1] 信里把"命运"（fate）写成了"肥胖"（fat）。
[2] 美国警察对抓捕对象说的话。

松饼，托布拉要了一个甜甜圈。等到鲍勃八点钟赶到她家，她们已经到达那个湖了。几年前，在她的两次婚姻之间，杰姬常来这里。过去这里似乎非常平静且空旷无人，没有什么变化或可能性。因为湖对她没有任何要求，她从中获得安慰。但现在这里似乎充满了生命，混乱而复杂。一艘装满煤的驳船驶向船闸。一群鸟儿喧闹地飞过，像是在欢呼。已有游艇在水面上飞驶。

她们在公园的自然教育中心拿了一本带徒步路线的小册子。杰姬领着托布拉去走一条叫"水禽环路"的小径。她们看到聚集在岸边的鹅。她们走近时，鹅像绳子拉着的玩具一样滚入水中。

托布拉说："鹅妈妈倒着起飞，教鹅宝宝不掉下来。如果你倒着飞，就永远不会掉下来。"

她上下摆动双臂倒退着向后跑。

"看着点路，宝贝。"杰姬说，伸手去抓她。

托布拉摇摇晃晃地跑着，在圈着鹿的围栏前急停下来，三只鹿害羞地从栅栏边走开。她盯着鹿看。后来，在自然教育中心的外面，杰姬和托布拉看到一只拴在柱子上的小猫头鹰。猫头鹰转动着脖子，眼睛像焦急的月亮，好奇地跟随着她们。杰姬想象是托布拉的样子让它感到惊诧。公园管理员也盯着托布拉看。人们会以为孩子是她的，杰姬想。他们可能认为是她和某个陌生男人生的。她希望真有这回事。

公园管理员说："晚上我们把这只猫头鹰关在里面，这样大角鸦就不会扑下来抓到它了。"

"它叫什么名字？"杰姬说。

"我们这儿不给野生动物起名字，因为我们不鼓励把野生动物当宠物养。"

在自然教育中心里面，她们看到了动物标本。馆内工作的一位管理员说："你们在这里看到的所有动物都是在公路上被轧死的。那只山猫是去年夏天被轧死的。我估计它有二十二磅重。"

"我要一只那样的猫咪。"托布拉说。

"我母亲的猫有部分野猫的血统。"一个肥胖的妇女对管理员说，"它有这样的胡须和大面颊。"她鼓起自己的面颊，立刻变成了猫。

"我不相信山猫会和家猫交配。"管理员说。

"好吧，如果看到我母亲的猫，你可能会改变想法。"那个女人愤愤地说。

杰姬微笑着捏了捏托布拉的手。托布拉挣脱开。她的身体紧绷，在颤抖——杰姬觉得她几乎处于抽搐的边缘。

"怎么了，托布拉？"杰姬焦急地问道，蹲下来察看孩子的脸。

"猫咪。"托布拉用杰姬从未听过的近乎绝望的声音说道，眼泪顺着她的脸颊滚落下来。

杰姬抱紧她，试图让她平静下来。几分钟后，托布拉的爆发过去了，等她们来到车子那里，她似乎已经忘记了那只猫。那只不过是托布拉觉得自己想要的东西，但她可以没有它，杰姬对自己说。小孩子一时的心血来潮。谁不是孩子？她想知道。成年是人们扮演的一个角色。他们忘记了他们只是在假装，都是虚张声势。她工作单位的一个人常说，他那只长毛的橘色公猫完全是"虚张声势"。他每周都会说上几次，好像想让所有人都相信他比他的猫更优越，对一个不得不这么做的人来说，这是一件很可悲的事情。

她把车子停在树荫下面，车子的挡风玻璃上落了一些黏糊糊的花粉。她用纸巾把挡风玻璃擦干净。托布拉在唱歌给自己听，回应树林里鸟儿的歌声。一辆皮卡车转进附近的一个停车位。

她父亲的皮卡车出车祸时，他或许正莽撞且孩子气地开着车，杰姬心想。她记得他带她去过一次游艺场，她玩了碰碰车。他把一团棉花糖塞到她手里，又给了她一长串的游戏票，把她丢在了玩碰碰车的地方，自己则去和旋转木马售票亭里的一个女人调情。一个小时的时间里，杰姬操纵着碰碰车，和别的车子碰撞，极度的兴奋，为自己获得的自由高兴。她父亲从视线里消失了。她的方向盘被棉花糖弄得黏糊糊的。回来接她时，她父亲只说了一句话："我敢打赌，你现在已经有资格考驾照了，小豆豆。"直到现在她才想起来这个昵称，也不知道它是从哪儿来的。

托布拉上了车，压扁了座位上的一只纸杯子。不用提醒，她系好了安全带，只手忙脚乱了一小会儿。

"我准备好了。"她说。

图尼卡

去图尼卡赌场的前一天,利兹把头上的皮脂腺囊肿切除了。五个结块都不大,只需要缝一针。手术后她并不确定这些结块是否与自己的运势有关。颇有讽刺意味的是,皮肤科医生的名字叫哈里[1]。在他做手术的过程中,她无法一直绷着脸,那是一种几乎可以算作愉悦的感觉。麻木的头皮被割开并拉扯时的那种毛茸茸的感觉带有色情的意味,像有只猫在舔她的手。

开车穿过镇子去她母亲家的路上,她头上那块麻木的地方开

---

1 英文"哈里"(Harry)有"折磨"的意思。

始复苏了。收音机里正播放着一首嗑药斗牛犬乐队的歌。她激情澎湃，像一个即将爆裂的灯泡。她冲一辆斜插着穿过十字路口的别克车按了一下喇叭，然后又轻佻地猛按了一下喇叭。每当感到体内郁积的怒火快要点燃时，她就知道自己该去图尼卡了。她的朋友经常指点她应该做什么——比如对她丈夫提出限制令、报名去学跆拳道、加入援助团体等等——但利兹顽固地予以拒绝。每个人都有一个答案和一个十二步疗法[1]。但她相信答案总比问题要多。

她拐进她父母居住的小区，一个由联邦住房管理局出资建的有点幽闭恐惧感的小住宅区。她母亲锈得像铁桶一样的卡特拉斯汽车挡住了车棚的入口，利兹只好把车子停在路边。透过厨房防风门的玻璃，她看见母亲朱莉正在打电话。利兹进门后，朱莉对着电话说："我得挂了。我女儿刚把她的头修理好了过来——这些结块是家庭遗传？这是我见过的最难缠的一伙人。我总说我嫁给了一个刺头。[2]"

"谁的电话？"母亲挂上电话后利兹问道。

"哦，电话公司的人向我推销他们的一揽子交易。"

---

1 十二步疗法（twelve-step program）是由匿名戒酒者协会（Alcoholics Anonymous）提出的通过十二个步骤帮助酗酒者戒酒的疗法。
2 英文"knot"既有"结块"的意思，也有"难缠"和"刺头"的意思。

"你在打垃圾电话?"

"他们说我能得到比我现在更便宜的长途话费。"

"你给谁打长途?"

"嗯,如果便宜的话也许我会打。"朱莉说。她抓起一块海绵朝利兹走来,仿佛要把她擦掉似的。"我有个坏消息,"她说,"佩顿的妈妈住进医院了。她得了中风,昏迷不醒。"

听着朱莉详述她婆婆黛西的医疗细节,利兹脑子里乱作一团。黛西还不算老,但她烟抽得太凶,以油炸食品为生。利兹从她妈妈手里抢过海绵,把它放在烤面包机上。

"到底有多糟糕?"她问道。

"很糟糕。佩顿说如果你在那儿的话,她也许会苏醒过来。"

这个说法惹火了她。"他以为我是信仰治疗师吗?他从来就没对我有过信心。"

"别在这儿说风凉话。这种时候佩顿需要你和他在一起。"

"好吧,但我不需要他。"利兹说,"我已经把他从我的剧本里删除了。"

如果她母亲知道佩顿的真相,就不会提这样的建议了,利兹心想。她真希望自己直接开车去了图尼卡,过后才知道黛西的情况。她害怕见佩顿,而且在她婆婆身边她总感到别扭,她婆婆会根据她的衣着评判她。打招呼之前,黛西总要上上下下打量她一番。

朱莉说："过来，让我看看你的头。"她把手指捅进利兹的短发。"怎么搞的，一根头发都没有剃。"

"他们不再那么做了，"利兹说，她转身躲开，"而且他们不让你保留结块。他们把结块送去化验室，这样就能向你收更多的钱。"

"从前你可以用胆结石做一条手链，"朱莉说，"如果我得了胆结石，我期待一条那样的手链。"

"你可以打消那个小梦想了，"利兹说，"现在那么做可能已经犯法了。"

利兹和佩顿六个月前就分居了，当时他因持有可卡因入狱。等到他被释放出来（在她看来早了点），她已经认定自己可以摆脱他了。她不让他住在家里，他只好搬去朋友的汽车修理厂楼上的一间小公寓住，并找了份铺设下水道的工作。利兹让佩顿带走了他所有的工具、装备和录像带。他的枪支收藏品在他被捕时就被没收了——壁橱里的猎枪、壁炉架上的韦瑟比 .243 狩猎步枪，以及各个抽屉里的手枪。现在，就连需要他的老虎钳打开卡住的窗锁时，她都不会给他打电话。对于罐头盖，她使用"橡胶丈夫"[1]，这是买高脚酒杯时商家赠送的一个小玩意儿。但佩顿就像立在壁

---

1 橡胶丈夫（rubber husband）：一种橡胶制成的打开罐头盖和瓶盖的工具。

橱里的猎枪一样，是个不让人安宁的存在。他已经开始在她的电话留言机里留下威胁信息。他发誓报仇，并要求她表现得像个妻子。"你是属于我的。"他曾经说过。

回家后，利兹无视电话留言机里的新留言，打开一罐啤酒让大脑镇定下来。她用微波炉爆了点爆米花，看了一部浪漫的电视电影，假装不知道黛西中风这回事。她很想明天一大早乘旅游大巴去图尼卡。赌博是她嘲弄乏味生活的一种方式，而黛西的中风——一个真正的意外——让她感到困惑。

电话铃响了，她没有去接。来电显示上是佩顿的号码，听到留言机上他甜言蜜语的哄骗，她调低了音量。她不想在去图尼卡之前和佩顿有任何接触。他需要抚慰和宽恕，但她觉得自己没有能力提供。虽然她已经扔掉了他的《枪支与弹药》杂志，但屋里仍有让人联想到他的东西。沙发破洞里露出的填充物，那是和佩顿五年来每晚看电视磨出来的。她曾经希望有一天他们能有一个更好的家，她想象过用乡村厨房的仿古牛奶壶、鸡蛋篮子和印着小鸡的花布布置家。嫁给他的时候，每一次的新采购都让她兴奋不已。但他们的家具是廉价的，而且磨损的速度与他们的婚姻相似，比分期付款的时间还要快。此刻她想起了过去他坐在电视机前的样子，腿上放着一把枪。他会把枪拆开，再组装起来，好像需要这么做才能保持枪的可用性。她记得他像爱抚婴儿一样抚摸着枪管。一晚接着一晚，佩顿坐在沙发上看电视，大腿上横放着一把枪——拆开、组装,全神贯注。

佩顿像一阵风一样闯进了她的生活。她十七岁,他二十四岁。他看上去很神秘,口袋里似乎装满了像糖果一样的禁忌。她爱上了他,因为他是个性感的男人——钉状的首饰和黑色的皮衣皮裤、狂乱的头发和一双可以碾碎她的心的摩托车靴。他很自信,洋洋自得的脑袋暗示着秘密和高人一等的知识——他的胯部仍然因为哈雷摩托车的热量而暖烘烘的。他走路的样子——随意、不紧不慢,自得于满身发达的肌肉——呼唤着她,就像一名传道士在邀请她挺身而出,让她的灵魂得到拯救。她不知道他是个毒品贩子。为了她,他不干了,他后来告诉她的。但她很快就认定自己婚结得太早,这个错误清楚地勾勒了她的生活,就像偏远文化中的包办婚姻。上夜班后她松了一口气,因为她不用再看他开始租借的复仇惊悚片了。后来他陷入了困境,又开始贩毒。太容易了,他告诉她,他离不开它。它像灯塔一样在向他招手。"你这一生中从来就没有见过灯塔。"利兹向他指出。

电话铃又响了。她从牙缝里剔出爆米花壳。电视广告里的农夫带着他的狗走在一块大豆地里。田野绿油油的,很漂亮,四周雾气缭绕。这个男人的生活场景在电视里飞驰而过——他的婚姻、婴儿出生,然后是他女儿的婚礼,婚纱在浓密的植物中旋转。这是个免耕大豆除草剂的广告,它让农场生活看起来丰富、盛大和令人满意,但也让生命看上去像一季庄稼那样短暂。

早晨,刚跨出淋浴间她就听见了电话铃声,她差点哭了出来,想着佩顿的母亲,她看上去总像雏菊[1]一样新鲜——到底有多新鲜?实际上黛西闻起来像呕吐物。电话挂断了。

停在购物中心的大巴车里坐满了老人,还有几个利兹以前去那儿时认识的孤僻怪异的人。她在大巴靠后的地方找了个座位,把放在地上的手提包推至车壁。她穿着新的阔腿短裤、紧身背心和一件宽松的印着罂粟花的衬衫。手提包里还放了一条薄羊毛毯,以防大巴上会冷。

突然,佩顿滑进她边上的座位,吓了她一跳。他带着他的坏消息追上了她。她身上泛起一层鸡皮疙瘩。

"你去哪儿了?"他问,"我在医院里待了一整夜。"

"她还好吧?"

"还昏迷不醒。"

她安静地坐着,听他讲述医院里噩梦般的夜晚和医生含糊不清且模棱两可的意见。他结实的肩膀挤压着她,身上的格子衬衫很干净,但牛仔裤膝盖上方有两个裂口,裤子右大腿上有一块联邦国旗图案的补丁。

"利兹,你觉得你这是在干什么?"他问道,"你妈说你需要

---

1 英文"黛西"和"雏菊"是同一个单词"daisy"。

和我在一起。她告诉我你要去图尼卡败光你的工资。"他拍了拍她裸露的膝盖。

"别碰我。"她说。

"我跟你一起去。"

"丢下你生病的母亲去玩老虎机？"

"你需要我和你一起去——这是为你好。"

"我不需要你护送。我告诉你了，我把你从我的剧本里删除了。"

"嗨，我喜欢你的短裤。"他用手指拨弄着她的大腿，动作像在泥土里拱来拱去的鼹鼠。她用拳头推开他的手。

她不知道该说什么。佩顿一直对他母亲不闻不问，所以利兹并不惊讶现在他会溜掉。大巴从停车场驶出时，佩顿将座位向后倾，调整帽檐遮住额头。他让利兹想起了一部电影中的某个角色，一个面带得意微笑的英俊演员扮演的罪犯。他的眼镜蛇头文身从衬衫袖口露了出来。她早就不惦记那个了。

"你怎么不上班？"他问道。

"我现在上十二个小时的班，所以有更多的休息日。"

"他们减掉了你的工时。"他说。

"但我加薪了——每小时多一块钱。"利兹注视着太阳，太阳即将从沃尔玛商场的后面升起来，"你毁掉了我的心情。"她说，"你该去陪你妈。"她不知道他对黛西的感情是怎样的。

"我会好好的，"佩顿说，拍了拍她的腿，"不会碍你的事的。"

"你要是输了钱,我不会借给你的。就我而言,你得靠你自己。"

"我都不会走近二十一点牌桌。"他说,"昨天你去哪儿了?我试着打电话。我从家门口经过了。"

利兹耸耸肩。"去把我的结块割掉了——别碰我的头。"

"脑浆没有渗出来?"他脸上掠过一个他的"三个臭皮匠"[1]式的得意笑容。

佩顿睡眼惺忪,脸色迷糊。入狱期间,他的体重减下来了。实际上,自从他的头发长起来后,利兹觉得他看上去帅气了。在监狱里,他试过剃光头,不过看起来怪怪的。

"看见第二排那个家伙了吗?"佩顿问话的声音有点大,"他身上的赘肉都垂到过道上了。我从这儿都能看见。像这样的人就该早点结束他们的痛苦。"

"别说蠢话。"

"嗯,我觉得是时候清除那些肥猪了。还有酷儿[2]。还有自由主义者。还有开林肯领航员大轿车的。还有大卫·莱特曼[3]。"

"这样说话已经过时了。"她生气地说,"体面人不再那么说话了。"

---

[1] 三个臭皮匠(The Three Stooges):美国杂耍喜剧组合,活跃于1922年至1970年。以他们的190部由哥伦比亚影业出品的短片闻名,1958年后这些短片经常在电视上播放。

[2] 男性同性恋。

[3] 大卫·莱特曼(David Michael Letterman,1947—):美国脱口秀主持人、喜剧演员、电视节目制作人。

"冷静点，宝贝。你电视看得太多了。"他轻轻地捏了捏她的膝盖。

当他变成这种样子的时候，她不知道该怎么跟他说话。"至少我没有进过监狱。"最终她来了一句。

"你总有倒霉的那一天的，利兹。"

"说你自己呢。"她打开她的杂志。

"妈妈希望我们在一起。"他在她耳边低语道，"知道我们的结局后她受不了了。我相信这就是她中风的原因。"

"那种事情不会导致中风。"

"我觉得你仍然爱我。"佩顿说，"今晚我和你一起回家，"他说，"回到我们的床上。我想你。你没看到我已经遍体鳞伤了吗？现在我妈快死了。我跌倒的时候你还要再踢我一脚？"

她没有回答。她翻着手上的杂志。

"你再也不可以置身事外了。"他说。

他们沉默地坐了一会儿，利兹火了。佩顿在干扰她理顺生活的新任务——哪怕再有一周的时间，她也无法向他解释清楚。现在他们显然是在一起逃避，所有人都会责怪他们在黛西临终前丢下她不管。

大巴接近俄亥俄河和密西西比河交汇处时，利兹看到了耸立在远处九十五英尺高的著名钢铁十字架。它似乎在向四面八方送出一个恐怖的拥抱。跨过这两条河流后，大巴向南开往阿肯色州。

佩顿没精打采地坐在她身边，似乎在睡觉。为了定定心，利兹做了一道她带来的杂志上的单词搜索谜题。他坐牢的时候她很平静，但无法专注于自己的未来；它像一个脆弱的泡沫，在她试图想象它时炸裂了。她没想到把他赶走后，他的占有欲会有这么强。他让她觉得她在不公平地找碴儿。几年前的一天，电视新闻中有几位警察在殴打一名嫌疑人，当时佩顿说："该死的，他们干吗不直接踢他的头？"她被他的话震惊了，让她重新评估他野蛮粗暴的狂妄。她原以为这是典型的雄性咆哮；他在表现自己的酷，向全世界释放自己的激情。但那天她对他的看法变了。他看起来既渺小又可怜。认识一个人需要一定的时间，她不断地告诫自己。

　　佩顿在她身边睡着了，直到他们在孟菲斯再次跨过密西西比河时才醒来。他动了起来，她扭头凝视窗外犁痕累累的田野。过了孟菲斯，三角洲平坦单调地延展开来——古老的棉田等待着被新的、变化的事物淹没。像稻草人一样插在地里的广告牌标示着通往赌场的道路。远处的赌场出现了，像地平线上的远洋船只——一支位于密西西比河沿岸的南部邦联舰队，从田野中升了起来，保护着三角洲免受北方入侵者的侵扰。在这种迷蒙的气氛里，利兹觉得赌场似乎真的漂浮起来了。法律规定赌场应该在海上运营[1]，但它们的漂浮是虚幻的。实际上，赌场就伫立在离河岸一

1　按照美国相关法律，某些州只有在海上运行的游轮上才能开设赌场。

英里或更远一点的坚实的地面上。她不懂那些法律。那个法律听起来很不靠谱,是个让赌场不受管束,并沿着想象中的河流滑行的谎言。她不相信法律。打消佩顿奇奇怪怪的念头已经够麻烦的了。现在她担心她会因法律费用而离不了婚。

大巴经过两个被葛藤覆盖的筒仓、灰色的赌场员工宿舍和一家以油炸酸黄瓜闻名的老餐馆,他们进入了一座闪光发亮的城市的大门,那里有炽热的人行道和色彩柔和的建筑物。大巴刚停稳,乘客们便像包硬币的纸卷拆开后四散的硬币,消失在一长排的赌场里。利兹走得飞快,不理睬跟在身后的佩顿。在她喜欢的"西部边疆"赌场里,利兹径直走向银行。她带着一桶镍币离开银行窗口时,瞥了一眼待在大堂中庭的佩顿,他懒散地躺在一棵点缀着小灯泡的树旁边的长椅上。他跟着她玩了一局"美国假期",她把随车票附送的价值十美元的镍币一个接一个地塞进机器。她喜欢快速地结束第一场战斗,只是为了热热身,像是要证明她输得起一样。

"不要触我的霉头,佩顿。"她说,"我警告你。"

附近,一个女人猛地拉了一下一台赌博机的手柄,硬币像瀑布一样丁零当啷地滚了出来。"嗨,密西西比!"女人大声叫道,"图尼卡是我的福地。在拉斯维加斯我有种虚无感,但在图尼卡,我在飞。"

利兹喜欢来图尼卡。这是个在她力所能及的范围内最接近豪华度假胜地的地方——一个她可以感受到优雅的干净明亮的地方。待在装潢时新奢华的地方让她心情愉快。中庭里出人意料的真榕树上的小灯泡提供了圣诞氛围。她喜欢老虎机发出的连续不断的声音——沸腾的重叠音调，有点像由一个成熟的管弦乐队演奏的《第三类接触》中的曲调，并配有闪烁的灯光。地毯上印着的靴子、枪和马车车轮等西部图案非常的温馨。她想象自己穿着荷叶边裙子和带马刺的靴子——俏皮又绚丽。

不过今天不一样，当她在这儿一边溜达一边梳理自己的思绪时，佩顿像个猎人似的跟在她身后，分散了她的注意力。第一波疯狂冲刺之后，她喜欢放慢节奏。有时她宁愿排上一会儿队，让自己缓一缓。她喜欢赌博中的悬念——当它们偶然出现时，看起来就像一场生死攸关的搏斗。她无法忍受日常生活中的不确定性，但赌场不一样，情绪的突然扭转就像电影里的汽车追逐。老虎机随机的惊喜让她觉得她可以改变自己的生活。有时候，与这种兴奋相比，和佩顿的婚姻就像在椅子上坐着。但另一些时候，嫁给他比任何一种赌博行为都更加动荡和恐怖，就像被破门而入的暴徒迎面撞倒一样。

一个穿着带蕾丝的黑缎面紧身衣的女孩从托盘里递给她一杯免费的朗姆可乐。她看上去太年轻了，利兹想，不适合干这种工作。姑娘戴着黑色护膝，似乎与她的装束相得益彰。"遛弯呢？"服务员用带鼻音的嗓音问道。佩顿在利兹身旁玩老虎机。他拉动手柄时，她脑海中闪过一段记忆——保险丝烧断后，佩顿在拉地下室里保险丝盒的把手。当时他正在看《虎胆龙威3》录像，她在熨衣服和烤面包。他经常反复观看他喜欢的电影中最暴力的场景。他有一个杀得一个不剩的场景的十佳名单。"你为什么总看那些？"她问过他。"那不是我的生活，"他带着满意的微笑说，"我又不会蹭破一块皮。"她越来越想知道自己是否应该害怕，尽管陷入痴迷状态时的他眼里并没有她，就好像他在电影里的某个地方，而她并不存在。但现在他在跟踪她。她怀疑自己是不是下意识地在为他寻找借口。他有好的一面——他星期天做煎饼的样子，他习惯编些有趣的歌逗她开心。她不会轻易给别人下定论。但甚至在他进监狱前，她的朋友就说过：甩了他。你最终会开枪打死他，要不然就是他开枪打死你。朗姆可乐打开了她的大脑，她想象自己正在深思熟虑。

　　下午，利兹又喝了一杯朗姆可乐，她的运气有所改观。当她从一台赌博机的口中收集哗哗落下的硬币时，佩顿带着一袋烧烤和可乐出现了。她提着装硬币的桶，跟着他来到闷热的户外。他们穿过一座小桥，来到小溪旁的长凳边上——这条护城河貌似让赌场漂浮起来了。利兹想到了她地下室的污水泵。下雨的时候水会渗进去，地下室闻起来就像排水沟。

　　"我要升级去玩双倍奖励的老虎机了。"利兹说，"我要一次性放进五十块钱的硬币，然后不停地按'最大投注'按钮，直到它给我点好回报。"

她的大脑极度兴奋,忘记了头上的缝线。用手梳理头发时,她几乎扯下一根缝线,还以为是只跳蚤。

佩顿递给她一个三明治。她盯着三明治看,他剥开包吸管的纸,把吸管塞进一瓶可乐递给她。他们坐在长凳上,凝视着风景如画的溪流,溪水里布满盛开的睡莲。佩顿异常的安静。

"你为什么不打电话问问你妈妈的情况?"利兹说。

"迟早会知道的。反正我也做不了什么。"

利兹为黛西感到一轮新的悲哀——可怜、肥胖的黛西,她带男人味的烟嗓和荒唐可笑的粉红色长裤套装。利兹从来没有真正喜欢过她。黛西总是告诉利兹她没有品味。利兹打算花点时间找到自己的品味。这是她最近决定要做的一件事情。利兹眯眼看着太阳,让黛西的形象从她的脑海中消失。

"今天早上看着你的时候,我为你想出了一首诗。"佩顿说。

> 当我细数自己真正喜欢的东西时,
> 首先肯定是我的哈雷摩托
> 但我想其实并非如此
> 因为我最喜欢的还是你。

她竖起两根指头。"嫁给你的时候,我快乐得离发疯只差了两个筹码。"她说。

"你的问题是,你想要一个十全十美的人。"

"那你想要的又是什么呢?"她问他。

"我要你别再对我心存恶意,这会让你变丑的。"

"好吧,让我自己待着吧。你为什么不去'好莱坞'或者'哈拉斯'赌场,让我留在这里?这是我的赌场。"她把裹三明治的纸揉成一团,"嗨,你说的丑指的是什么——长相还是行为?"

"我的意思是你的心态让你的行为丑陋,但我也能从你脸上看出来。它让所有的金色短发竖立起来,你的雀斑像是在加速生长。"他的脸上闪过一丝布鲁斯·威利斯[1]式的嘲讽,她知道他在开玩笑。她有点想念那个了。

她揉了揉脸颊,仿佛要让雀斑平息下去。"你替我感到害臊吗?"

"为你的行为有多丑陋吗?"

"哦,快闭嘴。"她捶了一下他的胳膊。

"我帮不上我妈,但我也许能帮上你。"

"不可能。我要是生病了,你会一走了之的。我不能依赖你。"

"人们之所以维持婚姻,是因为可以互相帮助。"他说。

"狗屁。"她说。

---

[1] 布鲁斯·威利斯(Bruce Willis, 1955—):美国男演员、制片人、编剧和歌手。最初因于电视连续剧《蓝色月光》中演技出色而备受瞩目,之后又因《虎胆龙威》系列电影成名。

"我会帮你整理头发。"

"我头发哪儿不好？"

他弄乱了她头顶上的头发。"需要更自然一点。"他说。

"看着点——你会扯到我的缝线的！"

"我不喜欢你自己去做那个手术，而我却不能和你一起去。"

"我不喜欢你跟着我。一起上班的一个女孩对我说，我应该去弄一个限制令来阻止你骚扰我。"

他踢着板凳。"我一直在做蠢事。如果可以让时间倒流，我不会去做很多我做过的事情。但那就像车祸，一刹那的时间悲剧就发生了——就像这样，"他打了个响指，"而且你永远无法撤销它来挽救你的生命。现在我妈可能会带着她脑海中我最后的形象走进坟墓——犯人佩顿。"

他的自我怜惜激怒了她。悲剧不可能发生在一刹那，她心想。

"撤销过去就像让密西西比河倒流。"她说。

长满睡莲的小溪在他们身边轻快地流淌着，但有一瞬间她觉得移动的是她而不是溪水。

下午，她在一张二十一点牌桌旁发现了佩顿。过去他经常玩到输得一分不剩，然后总是来找她。她衣服上有好几个藏五美元钞票的地方——衣服里面的口袋，胸罩里面，别在牛仔裤里面、用抽绳烟草袋做成的秘密口袋。但他会穷追不舍。

隐约意识到他还滞留在二十一点牌桌那里，她像一个注意力没有集中在驾驶上的司机，从一排老虎机前晃过。她并不专注于自己的策略，一边喂机器，一边喝着朗姆可乐。她在一台"三重钻石"赌博机上赢了价值十美元的二十五美分硬币，用赢来的钱接着玩。过去和佩顿一起来图尼卡很好玩。他给她弄了一张假身份证[1]，他们开车过来，一直玩到眼睛都睁不开了，然后开车去路边的休息站，在车里睡觉，挑战 61 号高速公路上的罪犯和变态来杀死或绑架他们。但那似乎是很久以前的事了。她记得那天他溜达到后院，用塑料冲锋手枪打碎了一根烂树桩。"你很快就能打光弹匣里的子弹。"后来他告诉她，好像只是在说组装一个露台长凳需要多少颗螺丝钉似的。

利兹拉动手柄，硬币滚了出来。只要保持幸运，她就无所畏惧且充满活力，相信自己应付得了佩顿。他仍然全神贯注于二十一点游戏。他母亲的状况让他们坐上了旋转木马，在各自旋转，有时在再次旋转之前短暂地面对对方。利兹不想黛西就这样死了，她知道自己不应该逃到图尼卡来。现在她想象自己摆脱赌博的欲望回家后，她可以面对黛西无助的身体——甚至可以把她从昏迷中唤醒。但怎么与佩顿相处这个问题却像一枚抛向天空的硬币，在空气中颤抖不止。她知道自己必须坚定。她已经与他混

---

[1] 美国很多赌场都要检查身份证，年满 21 岁才被允许进场赌博。

乱的头脑纠缠得太久了。当"三重钻石"里再次滚出一些二十五美分的硬币后,她自大起来,也清醒了一些。她会回家,去探望黛西,也可能是去参加她的葬礼,然后弄到一份针对佩顿的限制令,并提出离婚。她被硬币桶绊了一下,差点跌入一个嘴里叼着牙签,正斜眼看着她的油腻家伙的怀里。

"让老爸抱一抱!"那个家伙大喊一声,抱了她一下。

"滚开。"利兹挣脱开来。

快到赌场晚上歇业的钟点了,利兹赢了二十块钱,但在最后一个小时,佩顿乞求她把她赢的钱给他去玩二十一点。他说他的手气正旺。见她心软了,他说:"你需要我。我们是一伙的。"他盯着她,接着说道:"我的意思不止这个。"她告诉他要不是他母亲昏迷不醒,她是不会把自己的钱给他的。

大巴上挤满了欢呼雀跃的赢家,他们大声欢笑、开玩笑、庆祝赢钱,输了钱的人则沮丧地低头盯着自己的大腿。与利兹和佩顿隔着过道的一位快乐的老妇人喋喋不休地谈论着她赢到的一百美元——足够买一个烟囱,给露台上的小炉灶用,她宣布道。利兹的脑袋快要炸裂了,她的思绪就像手机信号发射塔中发出的微波一样在飞舞。她摸了摸自己头上的缝线,一对像胡须一样的小鬃毛。她把薄荷味的口臭喷剂对准自己张开的嘴巴。

"我时赢时输,"过道对面的女人说,"我是从教堂里的宾果游戏玩起的,然后一路往上。宾果让我入迷。但我知道该在什么时候收手。"

佩顿点点头。"每个人都想得到点什么,找到一条出路。"

"这是大实话。"

"没错,"佩顿说,"我进过监狱,但我没做错过一件事,现在我可怜的老妈躺在医院里奄奄一息,我留给她的最后形象——她儿子是个囚犯。"

教会妇女说:"我丈夫去年6月29号去世的。癌症。扩散到肝上了。他身体里的水排不出去,他非常痛苦,看到他终于走了我很高兴。现在他回家了,和耶稣基督在一起了。"

"什么?"利兹说,一下子回到了现实里。她或许睡着了一小会儿,漏掉了点什么。这时她意识到这是典型的佩顿做派——借助非同寻常的社交来掩饰自己的损失。她能感觉到他欢快下面的空洞。他输掉了利兹的钱,他正在失去母亲。她累了,不愿意多想了。

"你会成为一个好牧师的。"教会妇女咯咯笑着对佩顿说。

"阿门。"利兹说,眼睛看着佩顿。

他说:"阿门,教友本。瞄准野鹅,打着了母鸡。"[1]

大巴车里暗了下来,乘客们也安静下来了。又过了一段时间,

---

[1] 这是两句古老的谢饭祷告词。

利兹喝着她带上车的一罐激浪汽水。早些时候喝下的那些酒让她感到冷飕飕的,她从背包里取出羊毛毯,盖住裸露的腿。佩顿睡着了,轻声打着呼噜。过了一会儿,大巴上的窃窃私语升成一个响亮的疑问。

"大巴迷路了,"有个人说,"他以为他这是要去哪儿?"

利兹意识到他们已经离开了四条车道的公路,正行驶在一条穿过洼地的窄路上。厚厚的雾气笼罩了车窗。她碰了碰佩顿的胳膊。"我们迷路了。"她轻声说道,"我们在阴曹地府里。"

"看来我们会直接开进河里。"佩顿停顿片刻后说道。他揉去眼中的睡意。

"我才不在乎是不是去廷巴克图[1]呢。"利兹说,"廷巴克图到底在哪儿?"

"不知道。"

"肯定在某个地方。"利兹拍了拍前排座位上男人的肩膀。他留着佩顿以前留过的短胡子。"你知道廷巴克图在哪儿吗?"

"那边吧。"他说,用胳膊肘指了指,"大水塘的另一边。"

"是不是很有意思?"利兹对那个男人说,"被劫持到廷巴克图,但没人知道它在哪儿,也不知道怎么去那儿——包括劫持者

---

[1] 廷巴克图(Timbuktu):马里中部历史名城。位于撒哈拉沙漠南缘,尼日尔河中游北岸,历史上曾是伊斯兰文化中心之一。"Timbuktu"也有"遥远的地方"的意思。

本人！"她大笑起来，"到那儿需要一个月的时间。"

大巴里响起了笑声。利兹的评论传开了，几个乘客开始怂恿司机去廷巴克图。

"我相信这里就是廷巴克图，"有人朝司机大声喊道，"你把我们一路拉到了廷巴克图。"

"老家伙看上去吓坏了。"佩顿对利兹说。

他们似乎行驶在水面上，但看不见桥在哪里。

"嗨，难道他没有地图吗？"有人问。

"我们正在穿过这条大泥河。"佩顿说。

看不见的桥很长，河上一片空白。大巴车安静下来了。

"对不起，伙计们，我把缰绳弄丢了。"司机最终通过他的麦克风承认道，他打开了车内的顶灯，"别担心，我们会把你们送到家的。勒住你们的马，我会弄清楚这条路是哪条路。而且大巴不会去廷巴克图。"

车里爆发出一阵笑声和几声掌声。

"我不相信存在这样的地方，"教会妇女说，"这只是个说法，就像乌有乡一样。"

"像天堂？"利兹说。

"不像。完全不像天堂。天堂是个真实的地方，那里有金子铺成的道路和镶着珍珠的大门。"

"还有歌声。"佩顿说。

"那里的人都在唱歌，不管他们唱歌是否跑调。"教会妇女微笑着说，"天啊，我讨厌唱歌。我绝对害怕进天堂。"

"你害怕天堂吗，利兹？"车灯再次暗下来时佩顿问道。

"不害怕。天堂是我最不担心的事情。"

大巴车安静下来了。大多数乘客似乎都在打盹。过了一会儿，佩顿把手伸到利兹盖在腿上的羊毛毯下面。他的手像睡着的猫一样搁在她的大腿间，躺在那里，手在黑暗中发出的热量在灼烧她。然后，毯子下面，他的手开始在她的大腿上慢慢起伏，向上移动，进到她的短裤里面。她坐得笔直，彻底清醒了，凝视着外面的雾气。她稍稍分开双腿。没过多久，他就开始用手指用力地弄她，然后动作平缓下来，很娴熟。她感到屈服带给她的平静，诱惑带来的身处地狱边缘的美妙感觉，在这种状态下，危机似乎是假想出来的。此刻，她在等待自己生命中旋转着的图像排成完美的一列。

雷暴雪

布吉[1]想说服达琳周末待在家里——预计会有强降雪——但她不听。她自愿开车去辛辛那提[2]取她表妹芬特雷斯治疗甲状腺的药,再开车去贝尔县[3]给她送去。

"要是天气不好的话,我不想让你进山。"

---

[1] 布吉(Boogie):一种快节奏的舞蹈,也有随着音乐节奏跳舞的意思。这里是男主人公的绰号。

[2] 辛辛那提(Cincinnati):美国俄亥俄州城市,位于俄亥俄州与肯塔基州边界的俄亥俄河北岸,与后面提到的派恩维尔(Pineville)相距约200英里。

[3] 贝尔县(Bell County)为美国肯塔基州东南角的一个县,后面提到的派恩维尔是县政府所在地。

"我开车的路段大部分都是四车道。"她说,"如果没法去派恩维尔,我会在格拉迪斯姨妈家停一下。别担心,布吉。我会注意的。你太爱担心了。"

布吉确实担心达琳。他们在海湾战争期间的分离对他造成了心理创伤,导致他保护欲过强。他害怕她会被装在裹尸袋里从沙特阿拉伯返回。对于一个女人,以这种方式从战场上回家是一个令人无法容忍的念头。但她对战争的恐怖和刺激不屑一顾——大量的沙子、变质的食物和装载车辆这种繁重的工作,她说。"总得有人去踢萨达姆的屁股吧。"回家后她说。有一段时间,她像陌生人一样在家里走来走去。他注意到她新长出的头发在取代烫出的波浪。

周日早上达琳开车去辛辛那提,当时的天气还很晴朗。她要去看她母亲,再拿上芬特雷斯不小心留在那儿的药,周一开车去派恩维尔。周日傍晚开始下雨,雨变成了雨夹雪。后来,在夜里,布吉能感觉到积雪带给房屋和院子的寂静。早上他在床上一动不动地躺了一会儿,听不到车辆,听不到飞机,也听不到狗和鸟。他起身拉开窗帘。棉花球大小的雪团密集地落下来。雪已经盖住了门廊上的烤肉架,房屋后面的灌木丛看上去像一排雪人士兵。

他给达琳的母亲打电话。

"她两小时前离开的,"洛蕾塔说,"她以为可以在下雪前赶到,但一个小时前开始下雪了。"

"这里在下雪,"布吉说,"她会直接开进雪里的。"

"我以为她会先回家,明天再去芬特雷斯家。"洛蕾塔说,她大声咳嗽着,"主啊,我喘不上气来。达琳不得不去通宵营业的地方给我拿止咳糖浆。"

洛蕾塔在一家干洗店上班,到了冬天水汽让她喉咙发痒。

布吉说:"如果达琳往回开或打电话来,告诉她找个地方停下来,不要试图在雪地里开车。告诉她是我说的。"

洛蕾塔说:"嗯,我不知道她想干吗。芬特雷斯要到周四才需要这个药。"她停止了咳嗽,"我告诉过达琳,我觉得芬特雷斯不应该继续服用这种有放射性的东西。他们可能正在对她做某种实验。"

"没有放射性。"布吉说。

"我知道你和达琳一直这么说,但我相信有。不过达琳心真好,专门来这儿帮她拿药。"

"她喜欢开车,"布吉说,"就是这么回事。"

"她说她会带我去松山过复活节,但我对她说她不需要这么做。"

布吉铲出了车道,他为没有开车送达琳去辛辛那提生自己的气。但他一直在上周末的班。他觉得她肯定不会冒雪开车去派恩维尔。她出生在肯塔基山区,但在辛辛那提长大,她父亲丢掉矿山上的工作后,就和她母亲搬到了那里。达琳说他们经常回松山老家,已经把回家的路踩出来了。

工厂里一半的机器出了故障。布吉的小组缺两名工人,他们不得不重新调整主机的控制装置,这台机器管理计算机塑料外壳上的一些小部件的制造。布吉填写了工单并检查了他的三号冲压机的配速。一些轮子在他面前转动。他重启了一个调节器,感觉自己就像驾驶舱里的飞行员。他经常想象自己在开飞机,可以看到自己驾驶一架"攻击鹰"战机,像一只硕大的鸟一样突降和俯冲。

"我不得不步行半英里去喂邻居家的奶牛,"贝弗莉·考克斯在她的计算机站点上说,"我觉得我的脚趾冻伤了。"

"你丈夫为什么不替你去喂奶牛?"布吉问道。他会为达琳去的。他会坚持那么做。

"奶牛不是他的菜,"贝弗莉说,"只要是不喝普通无铅汽油的,他就不想要。他连条狗都不想养。"

一名经理走出连接通道。"75号公路南向的交通堵塞了,"他说,对这个消息他有点幸灾乐祸,"卡车无法越过杰利科山。州长正在讨论要不要关闭州际公路。"

工间休息时,布吉去打公用电话,但有十几个人在排队,没人能接通。线路很忙。

"我不明白北方人怎么能忍受这样的天气。"布吉认识的一个叫大乔治的大块头说。

"雪——可以送给他们,我讨厌雪。"贝弗莉边一说,一边撕开糖棒的包装纸。

"达琳喜欢。"布吉说,"我敢打赌她在外面玩得正开心呢,我却坐在这里担惊受怕。"

"达琳需要一个车载电话。"贝弗莉说。

"这正是我想要的圣诞礼物。"大乔治说。

"它们可贵了。"布吉说。

"如果能救你一命,钱又算什么?"贝弗莉随手扔掉糖棒包装纸,"我告诉肯,如果他不给我弄一个,他可能会在一条沟里找到粉身碎骨的我。"

"达琳总以为她什么都能做。"布吉说,脸上的肌肉抽搐了一下,"她会开啊开,直到被困住。我太了解她了。"

"哦,她可能会找个地方停下来打电话。"贝弗莉用同情的语气说道,这让布吉感觉更糟了。

晚上六点,布吉回家后不久,他所属的国民警卫队分队就因大雪这个紧急情况召集他。气象局称这是十五年来最严重的冬季暴风雪。穿了多层衣服,他挣扎着走进漫天飞雪。开车去军械库途中,他经过好几辆抛锚的汽车,自己的车也打滑了两三次。昨天树上还结着冰,现在则挂着大团大团的雪,压弯了树枝。他想知道鸟儿都去了哪里。收音机里说气温降到了零度[1];加上风寒效

---

[1] 这里和后面提到的温度均为华氏温度。

应，体感温度已达零下五度。

他没有她的消息。电话留言机上只有一条留言，来自达琳的弟弟杰克。"布吉，暴风雪对你有影响吗？你没事吧？物资充足吗？达琳从辛辛那提回来了吗？但愿她没有带着芬特雷斯的药去派恩维尔。"

雪给垃圾桶戴上了帽子。布吉看到风把一个狗屋吹满了雪。他想了一会儿亚历山大，它过去多么喜欢在雪地里玩耍。去年冬天，他们不得不让它安乐死。冻死就跟安乐死一样。人们说在雪地里冻僵就像盖着柔软的毯子漂走。你会觉得自己正在进入漫长的冬季小憩。一旦你的脑子冻住了，你就无法继续抵抗了，他不寒而栗地想着。

她的葬礼不会在这里举行，他想，甚至不会在辛辛那提。葬礼将在贝尔县举行，要有她所有的亲属参加。每当担心她出车祸，他总是计划她的葬礼。有时他非常担心，以至于当她安全现身时，他反而会生气。她动身去沙特阿拉伯前，他对她说："你最好回来。我不想听你所有的亲戚在你的葬礼上哭泣。"而她却说："他们只会哭到足以把这件事从他们的系统中清除掉，然后他们会想法子起诉政府，再然后把我忘得一干二净。"说这话时，她笑得嘴都合不拢。

他摸索着朝战舰大道开去，车头前雪花飞舞。他正缓慢地经过一个马场。白雪覆盖的田野让他想到了沙漠。镶了雪边的黑色栅栏在空白、消失不见的地面上形成网格。他看到五匹被雪覆盖的马蜷缩在树丛下。他想知道它们是不是阿拉伯马。他很惊讶这些马没有懒洋洋地躺在温度可调的牲口棚里的羽毛床上。他觉得赛马得到的照顾比有些人还要好。凝视着宽广的马场，他想到了达琳老家那些被困在封闭狭小的山区里的人。达琳曾说过，她祖父母在松山的住处下雪的次数远多于列克星敦。她说，山脉的封闭使冷空气滞留的时间更长，并吸进更多的雪。达琳总是说："我希望下一场十六英尺的雪。"

"十六吨。"[1] 他记得的老歌电台放过的歌。此刻收音机正在列出被取消的活动——自助小组、教会、学校、一场篮球比赛。雪在黑夜里闪闪发光。他的汽车似乎正嘎吱作响，摇晃着穿过厚重的沙子。"你想念这里吗？"她从战场上回来后，他问过她，"你想我吗？"

"我们忙得没时间去想。"她说，"那是另一个世界。"

收音机里说，现在的天气比1978年的暴风雪还要糟糕。加上风寒效应，体感温度降到了零下十五度。他前面的一辆卡车在左右摇摆。布吉把脚从油门上移开。前面的卡车走直了。

认识达琳时，他刚从本州平坦的西部搬来列克星敦，在理清

---

[1] 一首根据肯塔基矿工的生活创作的歌曲，1947年首次发行。其中的两句歌词是："装载十六吨煤，你得到了什么？又老了一天，负债累累。"

自己的头绪之前,他住在一间出租屋里。等到头绪理出来了,他和达琳已在讨论他们想要几个孩子。五年后,他们仍然没有孩子,也不知道她为什么怀不上。有时她似乎把自己和他分开,以致她身上有一个他永远无法触及的重要部分。他希望他们能再像孩子那样一起行动。他想和她一起在雪地里撒欢。

还在蹒跚学步,布吉就跟着他母亲的五十年代的老唱片跳舞,从而得到了这个绰号。大家都觉得他的小舞蹈很好玩。作为一屋子女孩中唯一的男孩,他被众人宠爱。他的绰号一直让他感到尴尬,但达琳很喜欢。不久前,他们在电视上看到"小理查德"[1]在华盛顿的某个款待总统的活动中表演。小理查德身穿袖子上镶着亮片,配着金色纽扣和穗子的黑西装,像他刚刚发明的一样,尖声念着福音。达琳说:"比尔总统像个木瘤一样坐在那儿,怎么不起身一起摇摆?"

到了机场,布吉沿着一条小路来到军械库,他被引导进入里面。停机坪上的几架小飞机看着像海鸟,被雪困住,冻在了海滩上。两架大型飞机(一架 DC-9 和一架没有窗户的运马匹的飞机)

---

[1] 理查德·韦恩·潘尼曼(Richard Wayne Penniman, 1932—2020):艺名为"小理查德",是一位美国创作歌手、音乐人,流行乐和流行文化中相当有影响力的一个人物。他充满活力的音乐和富有魅力的演出奠定了摇滚的根基,他的音乐也对其他流行音乐类型,如灵魂乐和放克产生过重要的影响。

激发了他飞行的欲望。他想他应该是一名飞行员。但从大学辍学时他并没有这么想。

他在一扇大门前停下,摇下车窗。

"嗨,我们要开着悍马出去!"一个身穿橙色猎鹿服的壮汉对他说,"哎呀,你是布吉·琼斯吧。我在坎贝尔兵营就认识你老婆了。"那家伙抱歉地笑了笑,"我不是那个意思。"一滴清澈的液体停留在他的鼻尖上。"我很容易给自己惹上麻烦。"他低声粗野地笑着说道。

"指路。"布吉说。

"今晚气温会降到零度以下。"穿橙色衣服的人说,"风寒效应让天气更加寒冷。体感温度将低于零下二十度。"

他把布吉指引到一个清理出来的停车场。布吉滑进停车位太快,刹车踩得太猛。想到达琳和这样的人一起演习,或者在隔着半个地球的某个荒凉的沙漠里,他就很生气。布吉把车停得太靠近一辆面包车,车门打不开,他不得不再次发动引擎把车倒出来。他知道战时发生的那些事情,但达琳在那边时他尽量不去想。相反,他一直在追随电视上的地图,悍马在流动低语的沙滩上行进。一行诗?他关注空战,然后是坦克。她不会乘坐飞机或坦克。她会在帐篷或营房里。他非常清楚战争中不言而喻的现实:战争本身就是一种性亢奋;离家那么远又面对死亡,怎么来都行。实际上,她离开后他就认识了隔壁的多蒂·亨德森。她弟弟在沙特驾驶"疣猪"[1]。多蒂一直开着 CNN，并把其他新闻节目录下来。她有三台电视机和三台录像机。每当有一架"疣猪"坠毁，布吉就会过去和她一起等着看是谁开的飞机。她给他吃她总在为之道歉的食物。但对他来说她太老了，而且她有老派女人的兴趣，比如主题午餐会。她的花园午餐以脏脏蛋糕为特色——花盆烘烤的巧克力蛋糕，还点缀着毛毛虫软糖。

布吉今晚的搭档是保险推销员格伦·福雷斯特。"这些悍马是披着吉普外衣的小坦克。"格伦说，几乎含情脉脉地拍了拍车辆的低车顶。布吉哼了一声。

坐在悍马驾驶座上，布吉开始了他的夜间任务。轮到他进入战区了，他想。在战争期间，她的部队被征召了，他的却没有，而现在，在雪地里，他上岗了，但他们又分开了。

开着悍马，他几乎可以从积雪上飞过去。他绕着机场转了一圈，嘎吱嘎吱地穿过一英尺半没被踩压过的雪地，然后前往一个住宅区接一名需要去大学医院的外科医生。医生说他的手术被安排在了早上。"这不会发生。"他坐进后座时说道。他拎着一个健身包，穿着牛仔裤和野猫队夹克。

"什么手术？"格伦问医生。

---

[1] 疣猪（Warthog）：一种单座双发动机攻击机，负责提供对地面部队的密接支持任务，包括攻击敌方战车、武装车辆、炮兵阵地及重要地面目标等。

"脾脏切除而已。可能会重新安排时间。"

"我妻子的阑尾切除了。"格伦说,"她差点死了,因为他们等了很久才开刀。他们以为她是食物中毒。"

布吉说:"去年夏天,我和妻子去了那里的诊所。"他犹豫了一下,在想是否询问这位医生的意见。然后他脱口而出所有与他和达琳进行的与生育测试有关的故事。

"我的精子数量超过九千万,"布吉说,"他们告诉我那很厉害了。"

"哇。"格伦说。他摘下一只手套,对着手指哈气。

"很好,"医生说,从后座向前倾身,"你妻子的测试结果怎么样?"

"他们说找不到任何能妨碍她怀孕的东西。我想只是需要时间吧。"布吉回头看了一眼医生,"你不觉得一次打出九千万发子弹,其中的一颗会命中目标吗?而且大约一滴就有九千万。好几十亿啊!"

"取决于你的准头!"格伦大笑着说。

布吉想问医生是否海湾战争中发生了什么导致了达琳的不孕,但他失去了勇气。医生下车时感谢了他。

布吉在玩弄挡风玻璃刮水器控制旋钮,格伦说:"这样的夜晚让你觉得是时候让耶稣再次现身了。难道不像世界末日吗?如果耶稣在这场暴风雪中回到这里,他会发疯的!他会开始列清单。首先,他想知道为什么家人晚上不一起待在家里,为什么所有的孩子上学都带着枪。然后他会彻查所有的谋杀和性侵犯罪。他还想知道为什么肯塔基的扫雪机不够用。"

"可以想象。"布吉说。他让格伦继续列他的耶稣清单,自己则集中注意力开车。不管怎么说,这年头说疯话的太多了,布吉只把它当作耳边风。流动、窃窃私语的沙子不停地从他的脑海里飘过。

他有工作要做。从雪堆上碾过时,他假装自己正驾驶着一架F-14"雄猫"战机。他携带了"凤凰""麻雀"和"响尾蛇"导弹。飞鸟和蛇。他想象自己正处于战时空中巡逻的空闲时间,在等待行动。他从电视新闻里知道了那边所有的飞机。机场那架被积雪覆盖的 DC-9 像 A-10 "疣猪"一样两侧装有双引擎。"疣猪"是有史以来最丑陋的飞机,但它可以快速旋转,可以跳华尔兹和摇摆舞。它甚至可能会跳布吉舞。机头上有一门火炮,其威力足以摧毁坦克或飞毛腿发射器。它会飞得很低很慢,这让它的急转动作显得如此的美。

达琳还在那边的时候,他发现 THE PERSIAN GULF(波斯湾)中的字母可以重新排列拼写为 U.S. FIGHTER PLANE(美国战斗机)。有几个月,他一直认为这里面肯定有一定的意义。

布吉一整晚都在忙着救人。他把几名护士送到莱姆斯通的仁慈山姆医院,还将一名在冰上摔倒的妇女送去了急诊室。救护车也在打滑。他打电话给州警察，看看是否能打听到达琳的消息。他们说 75 号公路上的交通堵塞了三十英里。州长关闭了州际公路。

"我可以把这个家伙开上 75 号公路去找她。"布吉对格伦说。

"警察不想让我们去那里。"

"他们可能抓不到我们。我们会'嗡'的一声开过公路中间的隔离带。"

格伦点着一支烟，喷着烟雾。他说："我敢打赌堵在 75 号公路上的大卡车肯定疯掉了。"

布吉点点头。工厂的卡车调度员厄尼将会听到各种卡车司机试图通过列克星敦以南山区运送货物的故事。

一名受困的司机因为布吉拒绝开车送他去购物中心而大骂他。"对不起，伙计，"布吉挥挥手说，"医院有优先权。"

在一个停车点，一名护士递给他们几片比萨和装在纸杯里的咖啡。心怀感激，他们吞下热腾腾的食物。布吉觉得暖和了。他想知道耶稣是否喜欢比萨。就在不久前，格伦刚宣布耶稣是共和党人。格伦就是个单人脱口秀。

布吉感到脚趾冻伤了。他似乎无法获得一点引擎产生的热量。悍马车的顶棚是帆布的，所以冷空气很容易进来。在沙漠上进来的则是热浪。达琳告诉他，天气热得她以为自己会死。尽管采取了预防措施，她还是被晒伤了。"沙漠风暴"行动时，天太黑了，他一边想一边从尼古拉斯维尔开往战舰大道。他回忆起地面战争开始那晚的恐惧。坦克隆隆驶过的景象似乎比空战更加黑暗和危险。"雄猫"和"攻击鹰"战机夜间起飞时，黑暗中你可以看到跑道上一个模糊的轮廓，但你看到的主要是闪烁的灯光和从加力燃烧室喷出的长长的蓝白色火焰。战斗中加力燃烧室会再次发出火光。现在他感觉到他的加力燃烧室在发力。他想象着烟火和速度。

他拐进一条小街。扫雪机在下一条街的入口处堆出了一个雪堆。他毫不费力地冲过了三英尺高的雪堆。

"真该死！"格伦叫道，"我的小男孩们一定会喜欢这个。"

他们回到军械库时，一个电视新闻小队已经出现在现场，那种常见的面包车的顶部有一个像大吸盘的卫星天线。一个迷人的女人正朝他挥舞着麦克风。她站在雪堆旁边。他认出了她出现在晚间新闻里的脸——漂亮的雪莱·柯林斯。他没想到她有这么高，高得像头骆驼。

"我能和你谈谈吗，先生？我们在直播。"

布吉小心翼翼地穿过雪地向她走去。他不想在电视镜头前摔倒。他冻得直发抖。

"你叫什么名字？"她问。她都没有戴帽子，发亮的金发圆得像个头盔。雪花像飞蛾一样在她面前飞舞。

"布吉·琼斯,"他说,"其实是威廉·琼斯,但大家都叫我布吉。"他有必要解释这个吗?他感到尴尬。谁会在意他的名字,或者在意他是否尴尬?

"好吧,布吉,我看到你一直在帮助完成一些紧急任务。你能告诉我们开着一辆我们身后这样的悍马是什么感觉吗?"

"嗯,它们是强有力的机器,"布吉说,想跺去脚上的麻木感,"你可以开着它们去任何地方。悍马几乎可以去任何你想去的地方,除了垂直向上。"他笑了,"它会让公山羊感到羞愧。"

"里面有多暖和?很冷吗?"

布吉又笑了。他可以想象轻而易举地驶入调情深水区。他说:"它有一个多管加热器,热量来自引擎,但不多。就像有条狗在对着你的靴子吹气一样。"

他正要补充说他正在寻找他的妻子,她在雪地里迷路了,但雪莱·柯林斯快速地感谢了他并说:"现在回到你那边,默里。"

十分钟后,在军械库内,布吉正靠着暖气片化冻,一名州警察进来喊道:"威廉·琼斯。威廉·琼斯。"布吉跳了起来。

"有你老婆的消息了。"军官笑着说,"她在电视上看到你了,并让一名警察通过无线电送来口信。她说告诉你她很好。"

达琳直到星期三上午才回到家,当时州际公路开通了。她被困在了列克星敦的北面,没有去派恩维尔。她一进家就喋喋不休，抱怨她的头发脏了。她做的第一件事就是去给喂鸟器装食，看到他已经把它装满了，她显得急躁且不耐烦。还蛮好玩的，她煮完咖啡后告诉他说。她和大约五十个人（大部分是卡车司机）在一家汽车旅馆的大堂里躲雪。汽车旅馆让他们使用帆布床和床上用品。

他凝视着她，他的妻子，想象着她和一群卡车司机睡在汽车旅馆的大堂里，或与军队一起在沙漠中。他们从未真正讨论过她在沙特阿拉伯做过什么。每当他提起这件事时，她都用信任来回怼他。他回想起她从沙特阿拉伯返回、他去机场接她时她所说的话。她满脸笑容地说："我的手舞足蹈、脚步飞快的布吉[1]！"

"汽车旅馆里有几个小孩子。"她说，递给他一杯咖啡，"他们的父母很无聊，但孩子们却充满了活力。我和两个小男孩堆了一个雪人。其中一个叫谢恩，另一个叫杰德。我给他们讲了大雪人的故事。我让他们许个愿，大雪人就会给他们带来好东西。他们的爸爸像老鹰一样看着我。这年头你和小孩子说几句话大家都会对你说三道四的。"

她开始抽泣。一阵寒战像条嗖嗖移动的蛇，顺着布吉的脊椎往上爬。他一把抱住她，抱得紧紧的，仿佛在她坠落时接住了她。

---

[1] 《脚步飞快的布吉舞》(*Boot Scootin' Boogie*) 是一首由布鲁克斯和邓恩组合演唱的乡村歌曲，常被用作跳排舞的舞曲。

"我担心死你了。"他说,脸拂过她的马尾辫。她的头发有点油腻,散发着烟草味。

"我没法跟你说上话。"她说,"我应该留在妈妈那里。"

"很奇怪,"他说,"你在那边打仗的时候,我一直在电视上找你,但从来没有找到你。而这次你却在电视上找到了我。"

她停止了哭泣。"我做了一个和战争有关的梦。"她说,挣脱了他的拥抱,"我以为我又在军营里了。有那么一瞬间,我以为被一枚飞毛腿击中了。"

她在沙发上坐下。他挪开一个枕头,靠近她坐下,用胳膊搂着她。她扭动了一下。

"那只是暴风雪。"她说,"有闪电,雷声把我吵醒了。我无法相信是雷声。怎么会打雷?"

"那是雷暴雪。"布吉安慰道,"暴风雪中夹着闪电和雷声时,他们称它为雷暴雪。"

"我以为是那个'该死的老疯子'[1]找上我了。"她大笑起来,擤鼻涕。

"不会的,老萨达姆永远不会找到你,我想那样也不行。"布吉咧嘴一笑,说道。

---

1 英文"该死的老疯子"(old So-Damn Insane)的发音与伊拉克前总统"老萨达姆·侯赛因"(old Saddam Hussein)相近。

他想起了笼罩着巴格达的烟火、科威特上方黑暗的天空、黑色的浮油——他在电视上看到的所有画面。他不知道她在那边看到了什么。看到的会完全不同，他意识到。根本不会是他看到的那些画面。

"我没在为战争哭泣，"她说，"我希望你能忘记这件事。我想和那些小男孩一起做雪糕，比做什么都要想。现在没人会去做那个了，所有的东西都那么脏，但那场新雪看起来那么纯净。我太久没吃雪糕了。"

"我敢打赌我们能做出来。"布吉满怀希望地说，"我们可以向下挖，从底下挖出一些干净的雪。"

"我觉得我们没有香草精。"她说。

"我们也没有牛奶，"他失望地说，"我忘记买了。"有一瞬间他感到自己不胜任，仿佛他能为她做的最好的事情就是让她放心，暴风雪中确实会打雷。但他知道他可以做得更好。他突然想到自己必须停止纠缠她，这样就会在他们之间开辟出一条清晰的通道。然后他们就会有一个孩子。一定是他们之间的这条鸿沟阻碍了一个家庭的生根发芽。他知道如果他大声说出来会显得很愚蠢，但他确信这是真的。

达琳站起来，身体在发抖，就像一棵在风中抖落树枝上积雪的树。她的头发被一条有皱褶的薄纱巾——一条美化了的橡皮筋——束在脑后。她的眼睛下面有淡蓝色的阴影。他站在妻子身边，一声不响，而她则充满了活力。

她说："一旦公路畅通了，我就带着芬特雷斯的药去派恩维尔。我不得不再请一次假，但她必须在明晚之前拿到药。"

布吉脑海中闪过的是正在巴格达街道上方飞行的"战斧"巡航导弹，它折叠起来的翅膀很小，像奇怪的虫子。它像拥有自己的想法一样在巡航，到达拐角处时向左一转。

滚进亚特兰大

晚上下班回家，安妮会在电视上看一部夜场电影，就着可乐吃颗冷的煮鸡蛋，有时候也会吃上一两小包芝麻饼干——如果记得从餐馆带回来的话，她已经在那里做了两周的接待生。她在凌晨一两点之间进入梦乡，五点总会被楼里某个地方的一声巨响吵醒片刻，让她设想一扇门"砰"地关上了自己的过去。在她看来，现在把每一个感知转化成隐喻真是再恰当不过了。

她住在一套无须支付租金的公寓里，业主是个名叫克莱顿·斯科维尔的律师，此时他正在赞比西河上漂流。她从来没有见过他，不知道他长什么样。公寓里没有照片，只有几幅没有什么特色的油画复制品（一座山，一道瀑布，飞鸟）。她还不习惯这里的奢华——墨西哥风格的瓷砖、曲线形橱柜、卤素灯、无边无际的地毯和两间卫生间。淋浴帘上印着在翠绿的树林中嬉戏的红鹦鹉。律师用黑色的沐浴皂、鲜绿色的浴巾，订的杂志包括《户外》《时代》和《财智月刊》。一间壁橱里塞满了运动器材，大多数器材似乎并不属于亚特兰大[1]——冰鞋、滑雪板、滑雪服和一顶带折叠式耳罩的衬皮帽。她想象他和自己一样，是个拎起包就可以出门的人。她带着两个箱子来到这里，没过几个小时就买了一辆被金融公司没收的本田思域二手车。车子的后备箱里有条宽松式样的短裤和与之配套的花哨的粉色衬衫（尺寸是10号的，对安妮来说太大了），还有一本破破烂烂的《不可思议》杂志。

今晚公共电视台的夜场电影被一场募捐活动推迟了，安妮打开了她早晨收听的经典摇滚电台。滚石乐队本月下旬要来亚特兰大演出，电台正在举办一场送出免费门票的竞赛。唱片骑士敦促听众建造并装饰一个不大于7英尺×4英尺×3英尺的盒子，然后在盒子里与世隔绝地住上二十四小时。最漂亮的三个盒子将被放置在播音室的一个角落。安妮这一周都在听"滚石"，音乐里刺耳的紧迫感让她觉得这个城市将有重要的事情发生。她喜欢亚特兰大干净、繁忙的美。她打开通向日光浴晒台的滑动门，在那里

---

[1] 亚特兰大（Atlanta）：美国东南部的一座大城市，佐治亚州首府，气候相对暖和。

喝完了可乐。晒台（上面有一盆栀子花，一株樱桃番茄和爬在棚架上的铁线莲）通向栅栏围住的舒适小院。这是一个温和的秋夜，购物中心的灯光映出附近"星期五餐厅"外面羽状的棕榈树的剪影。从收音机里溢出的声音像灯光一样洒向昏暗的停车场。

安妮算是个卧底特工。她曾在得克萨斯州"切斯苏珊娜"连锁餐馆的一家分店做接待生，并在那里认识了一位来自新奥尔良公司总部名叫安德鲁·帕雷尔的高管。她和他喝过几次酒，他雇她去调查这家连锁餐馆在亚特拉大的分店有什么违规行为。他甚至给她找了现在的住处——克莱顿·斯科维尔是他的老朋友。为了不引起亚特兰大分店管理层的怀疑，她得去面试这份工作，当场就被录用了。安德鲁要她只是观察，看看有什么蹊跷的事情。他怀疑有人偷窃。她每天详细记录员工的士气，隔两三天给安德鲁打一次电话。

安妮·罗德，私家女侦探。听上去就像她读过的少年侦探小说里的人物。很响亮的名字。而且她甚至比过去挣得还要多——如果换去调鸡尾酒还会挣更多。安德鲁要她在这里待上一两个月，然后会派她去另一家分店。她并不介意离开得州。那只是她毕业后的落脚处，她对那里并不了解。大学的朋友大多分散到了全国各地，东南部有一两个，所以她抓住了来这里的机会。

"做好自己就可以了。"安德鲁鼓励她说，"不要卷入其中。"

大多数时间她都在做真实的自己。谎言是她搬来这儿好离他近一点的那个男人。安德鲁说她必须有个借口，所以她捏造了斯科特。他身高六英尺，是个推销员，黑色的头发稍稍有点卷曲。他的工作与计算机有关，工作涵盖的地区在南方，因她也说不清楚的工作常来亚特兰大，不过她还是添加了几笔看似真实的描述。他母亲信奉天主教，父亲则是个新教徒。他们在密歇根州的伊普西兰蒂开着一家杂货店。斯科特的妹妹有智力障碍，住在精神病院里。他有一次打橄榄球摔断了一条腿。安妮是在学校认识他的，他的计算机科学奖学金可以支付他除书本以外的所有费用。安妮估计买书的钱是他祖母出的。

到目前为止，暗探安妮还没有注意到任何异常。酥皮甜点上的焦糖滴；有天傍晚食品检查员逗留了很久，还和经理称兄道弟；一位女侍者曾在卡特家工作过，那时吉米·卡特还在州议会大厦上班——"没见过这么冷漠的人。"她说，打了一个寒战。

安妮接待生式的微笑有效且令人信服。她曾听说保持这样的微笑让这种工作成为世界上压力最大的工种之一，但她并不介意。对她来说那就像处于自动驾驶模式。偶尔，有人会为了好座位塞给她五块钱。但那是违规的。今晚她注意到门厅边上的榕树异常萎靡，黏糊糊的。树叶释放出一种黏性物质，已经滴到地板上了。柔和朦胧的灯光下，这些污渍几乎引不起别人的注意，但现在她的感官似乎变得灵敏了。她感到自己的观察力难以置信地敏锐。她注意到这家分店抽象的米黄色和蓝色的装潢与其他分店存在细微的差别。她还注意到送来的糖汁樱桃装在了一个用胶带粘住的脏兮兮的盒子里；室外喷泉的彩色灯光与得州分店类似的喷泉灯光在闪动速度上略有不同；酒保的眼神冷漠忧伤。他曾告诉她他有个在上大学的女儿，女儿花哨的发型与安妮的一样。他用了"花哨"这个词。他指的是烫发。

利用晚餐前的短暂空闲，她跟领班侍者说起了榕树上的黏液，领班韦斯·西蒙斯是个讨人喜欢的家伙，似乎与大家相处得很好。他用一种近乎无聊的方式和员工开玩笑，但安妮同时觉察到了他传统南方魅力下的真诚。他长得很帅，不过以一种奇怪的方式。

"他们为什么不摆一棵假树？"他说，用鞋子擦拭着一个黏稠的污点，"太荒唐了。"

女侍者特蕾莎留着不算过分但已经过时了的朋克发型，她说："那棵树生了介壳虫病害。"她摸了摸树叶，"你们看不见它们。黏稠的东西都是这些棕色的小虫子弄出来的。"

"我能怎么办？"韦斯说，眯着眼睛看一片树叶的背面，"在这儿喷药？这里食物这么多。"

"把它在太阳底下放两周。"特蕾莎建议说，"换个花盆也有用。"

"可以把它放在我的日光浴晒台上。"安妮说。

"我得做点什么。"韦斯说。他打了个哈欠，然后道歉说："昨晚半夜起我就在排队买'滚石'的门票，后来发现他们不接受信用卡！不过一位和我一起排队的好心女士愿意借现金给我。简直不敢相信这年头还会有这样的事情，随后我想，万岁，这里还是从前的南方啊。"他再次抬起脚察看鞋底。

"哦，你有多余的票吗？"安妮问道。她甚至都没有想到能买到票。

"我买的都有人要了。真是爱莫能助啊。"

"我喜欢'滚石'。我姐姐在列克星敦看过他们的演出，不过那时我还小，不能去。"

"我总说只要看过了'滚石'，我就死而无憾了。"韦斯心不在焉地说道。他走到用餐区域，把一叠餐巾摆放整齐，又随手把一条桃红色的餐巾折成扇状插进一只玻璃酒杯。安妮听说他收集了大量电视剧《诺瓦》的录像带，还在一个提供陪伴服务的机构工作过，但她不知道怎么看待这些事实。她不知道自己是否该提住在列克星敦的姐姐。也许应该瞎编一个家住俄亥俄州奇利科西的哥哥。她也不该提供自己的日光浴晒台给生病的植物。

晚上晚些时候，在厨房里，韦斯抓起一个羊角面包并往里面塞了一大块鸡肉。

"我的口味与肉酱和红酒烩鸡不搭界。"他在往三明治里挤番茄酱的时候说道,"哪天我们一起去'青蛙大叔肋排屋'吃点正宗的食物?"

"我男朋友会怎么说?"

"他会说我把你喂得很好呀。"他说,在逗她,"抱歉我没法带你去看'滚石'。我倒是可以带你去'石山'[1]。不过我估计那个替代品有点愚蠢。"

"你当真这么想吗——如果看过了'滚石',你就死而无憾了?"

"有时候我会那么想。"他说,有点窘迫,"我想不出有什么能超过'滚石'的了,狂喜方面。"

他说"狂喜方面"的样子把安妮逗乐了。他在模仿餐馆经理夸张的口头禅。她喜欢韦斯,但约束住了自己,好像她心里有个眼看就要穿过汽车挡风玻璃飞出去的小孩。要是爱上了他会怎么样?她突然觉得这就像观看一部自己身处其中的电影,在等待着将要发生的事情。那天晚上,角落的一张桌子旁坐了一对庆祝订婚的恋人。他们点的东西都很丰盛,首先是亚历山大白兰地和半壳牡蛎,最后上的是涂满花生酱慕斯的巧克力杯。吃甜食的时候,

---

1 石山(Stone Mountain):位于佐治亚州亚特兰大附近,其崖壁上雕有南北战争时南方三位著名人物杰弗逊·戴维斯、罗伯特·李和斯通沃尔·杰克逊的肖像。

他向她呈上求婚戒指,香槟酒刚刚满上。安妮的印象是这场求婚完全出乎那位女士的意料。安妮听见她在嘀咕:"但我得准备我的注册会计师考试啊。"

"你打算什么时候安顿下来啊?"当天晚上晚些时候,安妮给父母打电话时他父亲想知道。她用走道里靠近厕所的公用电话拨打对方付费的电话,他父母一直坚持让她这么做。

"我还没流浪够呢。"她说,"我还没去过加利福尼亚,也没去过阿拉斯加。我想去阿拉斯加的冻原上走走。"

"阿拉斯加很冷,"他说,"你计划住在北极原住民的圆顶小屋里吗?"

"行啊,老爸。你真会开玩笑。"

她没有告诉父母她正在做卧底。他们看太多电视了。

她父亲说:"我担心你啊,宝贝。亚特拉大是个大城市。"

"是的,但真的很有意思。这里什么都叫'桃树'。桃树街,桃树广场。真是个桃色满园的地方。"

"我知道我说服不了你买把手枪,但你至少需要一条狗吧。"

就像记者所说的"硬新闻",有条狗的想法深深击中了她。她已有三年没养狗了。她并不介意独自生活,经常深情地想起近期丧偶的海伦姑姑。姑姑原计划的与丈夫的欧洲之旅出了意外,收到退款后,她独自去了欧洲,这才有了此生最难忘的一次冒险。

- 118 -

安妮突然觉得她情愿养条狗，也不要幽灵一般的斯科特，后者开始像个令人厌烦的人了。斯科特这个鬼主意是她坐在来亚特兰大的飞机上想出来的，当时她在读航空杂志上一篇关于日本的文章。日本有出租婚礼嘉宾的机构。租一个人扮演祖母比把真人从山区运过来要便宜。而且有人希望有重要人物出现在他们的婚礼上，所以他们租用演员扮演政府要员。一整周，安妮都在思考这个问题：为什么有些人愿意相信外观和真实存在是一样的。那天晚上晚些时候，她意识到自己在和酒保道晚安并告诉他周末要去见斯科特的时候，她一度相信这是真实的。她开车回家，想象斯科特是受到过惊吓的妇女放在乘客座位上的布制人体模型，用来阻止陌生人。

"安德鲁，我没有什么好汇报的。艾格尼丝肚子不舒服提前下班了。弗兰克，那个做色拉的，说他的车被没收了。有个侍者帮手和我调情。"

"你干得不错，"安德鲁说，"需要一点时间。"

"有位顾客坚持说，他在厕所里闻到了大麻的味道。"

"写下来。睁大眼睛。我一直觉得那儿的问题可能出在毒品上。"

"你在开玩笑吧？你根本就没说过。"有时安妮会被安德鲁激怒。他做太多的假设，而且过着极其单调的生活。除了工作，他所做的就是看《星际迷航》重播和ESPN[1]。她对他了解得不多，除了为人吝啬，他还坚持要与安妮直呼其名，这让她感到诡异和警惕。她庆幸与他约会期间没和他上床。一方面，他也太老了。

"我会确切地告诉你该怎么做，你会受到全方位的保护的。"他在说。

"我不知道我是否应付得了。"

"别担心。你做得很好。"

"原来你没和我说过这个。"

"正常表现就行。没人知道你是谁。"

她挂上电话，把碎蛋壳快速扫进垃圾绞碎机里。她打开电视看夜场电影，又检查了一下门上的锁链。她觉得安德鲁生活在外太空。她无法想象餐馆会有严重的毒品问题。吧台的氛围如此的放松，顾客的档次都很高，侍者的表现中规中矩。她有点弄不懂博伊德和吉姆，两个玩摇滚乐的侍者帮手。他俩属于一个叫"无零钱车道"的乐队。博伊德曾在得克萨斯州工作过，他和安妮闲聊过达拉斯的变化。安妮并没有意识到那样的变化。她唯一一次去达拉斯就赶上了高速公路上恐怖的撞车事件，起因是市郊一座建筑物的金色玻璃反射出的晃眼的落日余晖。因为玩乐队，博伊德和吉姆举止有点傲慢，不过安妮喜欢大多数的同事，曾在下班

---

[1] 美国一家专门播放体育节目的电视台。

后和其中的几位去外面喝过酒。他们都是啤酒爱好者，除了伊冯娜，她喜欢"锈铁钉"[1]的甜味。伊冯娜留着戴安娜·罗斯式的黑色发型[2]，还佩戴大量的紫水晶首饰。安妮曾和另一个女侍者外出吃冰激凌，女侍者向她吐露自己有婚外情，而她丈夫并没有察觉。汇报这个女人的秘密让安妮觉得自己是只耗子，而安德鲁对此却没有一点兴趣。大家都问安妮："你喜欢亚特兰大吗？"他们都说亚特兰大在发展。

安德鲁不停地向她保证，说重要的是保持开放的头脑。所以她汇报员工的迟到，琐碎的抱怨和情绪，酒保对自己任性女儿的伤心评论。她必须保持警觉。每时每刻都应该这样，她心想，内心涌动着对充实且无法定义的事物的渴望——这就是生活。她觉得自己的这种感觉有点可笑，所以没有告诉安德鲁。而且她也没有报告韦斯开的玩笑，以及韦斯看见她走过来时的笑容，就好像被愉快的回忆惊到了一样。她也没有提韦斯脖子上虫咬的痕迹——他一直在奥科尼国家森林露营，曾被暴雨浇得透湿。安妮被露营的愿望击中了，发现自己在律师的壁橱里翻箱倒柜，察看他的露营装备。

1　铁锈钉（rusty nail）：一种鸡尾酒。
2　戴安娜·罗斯（Diana Ross, 1944—　）：美国歌手和演员，20世纪60年代摩城唱片至上女声组合（The Supremes）的主唱。其硕大蓬松的发型非常独特。

她无意中听到的员工议论包括：

"她在磨洋工，不停地上厕所。"

"所有食物里都有鸡肉。大家的日子都不好过。"

"我不早点回家的话就死定了。"

"妈妈总用烘干机最猛的一档烘我的衣服，烘出来的衣服像是给洋娃娃穿的。"

"你知道可以用微波炉做唇彩吗？把唇膏和凡士林混在一起，再快速加热一下。"

有线索吗？她漏掉了什么吗？

周一和周二是她的周末。周一她被楼里某处的"五点钟巨响"吵醒，然后又迷迷糊糊地回到了阳光明媚的睡眠中。她梦见了斯科特，他的形象像长途电话里的说话声一样清晰，如同有人吃惊地说道："你听上去就像在隔壁一样。"斯科特胳膊细长，长着一张狻犬脸，身上的毛棕白相间。在梦里那种毛被称作杂色毛。她开始清醒。昨晚他会一直等着她的，她心想，开始编造自己的周末故事，好告诉韦斯和其他人。她出门购物时，斯科特会坐在客厅里赶他的文书工作——在他的小型便携式电脑上。然后他们会去为她领养一条狗。不过斯科特不喜欢狗。

现在是上午十点，收音机对着她大声吼叫。滚石乐队近况更新。"没有几天了……做一个盒子……你住家外的小家……把它带到我们的演播室，成为三个被选中的幸运盒子中的一个……唯一的规则是二十四小时内不能从盒子里出来，所以想好了你的迷你公寓需要什么样的舒适和方便。哈哈。来吧，佐治亚州的桃子们！'滚石'马上就要滚进亚特兰大了！"歌曲《百感交集》彻底驱除了她的睡意。她感到内心深处有个东西，像一个掉进水池里的怪物，在急迫地呼唤她。

电话铃在响。

"安妮？我是韦斯。吵醒你了吗？"

"没关系。"她调低了收音机的音量。

"嗨，我多出了两张'滚石'的门票。本来是给我的两个小表妹芭布和简的，但现在她们的母亲不让她们从亚拉巴马赶过来。票七十五块钱一张，我原价让给你。我不会高价倒卖给你的。"

"哦，不知道斯科特能不能去。"这么快就想到了斯科特，她觉得自己的反应够机敏，当机立断。

"什么时候能知道？"

"哦，反正我是要去的。我很想去。"

"另一张票怎么办呢？"

"两张我都买下来。"安妮飞快地说道，"如果他去不了，我有个住在查塔努加的大学老朋友。我相信蒂娜会不惜一切代价去看的。"

"座位在第三层，但正对舞台，应该很不错。"

"谢谢，斯科特。真是太好了。"

"斯科特？你叫我斯科特。"韦斯说。

"哦，对不起，韦斯。真对不起。"

"安妮，我知道你对我不太了解，但我对你是有感觉的。"

"你说什么？"她一把抓住枕头边，把那儿揉作一团。律师的枕套四边绣着蓝色的小鸡。

韦斯说："我估计你觉得我太直白了，但是我搬来亚特兰大时，遇到的人大多数只顾自己，他们懒得操心别人的事情，所以我发誓要对像我一样的外地人友好，给他们帮助。"

"真的很感激，韦斯。你对我一直很友好。"

"今天你和斯科特有什么计划吗？"

"哦。我得去找公寓。"安德鲁让安妮说她在找公寓，这会让人觉得她会长久待下来。

"好吧，有什么要帮忙的告诉我。我会在周三上班时把票给你。"

"谢谢，韦斯。再聊。"

她把带小鸡花边的枕头朝墙扔去，后悔没有编造一个来亚特兰大安顿的不同借口——住康复中心的母亲都比原来那个要好。东海岸有贝蒂·福特康复中心[1]的分支吗？

---

1 美国前总统福特的夫人贝蒂·福特（Betty Ford，1918—2011）创建的成瘾（酗酒和吸毒）治疗中心。

那天下午在动物收容所,安妮选了她见到的第一条狗,一条年幼的混种牧羊犬。当狗的目光对上她的眼睛时,它似乎认出了她,她不知道怎么拒绝那样与她沟通过的狗。她把手递给它时,它害羞地闻了闻。它脖颈上的黑毛厚实且性感,像块厚重的地毯。出门来到街上,它拉着她带来的牵狗绳,翘起的尾巴让她想到了跳跃着穿过舞台的米克·贾格尔[1]。

"走吧,米克。"她说,"现在就我们俩了。"

狗毫不犹豫地跳进她的车里。它的信任征服了她。她记得她父亲告诉她的"犹大山羊"——养在屠宰场用以引诱绵羊走进宰杀室的山羊。

"我不会背叛你的。"她用安慰的口吻对狗说道。她没有意识到自己是多么想要有一条狗。

她觉得米克长大了个头会很大。狗身上的气味很难闻。它蹲坐在车子的后座上,口水流到了坐垫上。大卡车经过时,它扭头张望,头猛地撞在车窗上。安妮一边沿着城市的外围行驶,一边数着看到"桃子"这个词的次数。她喜欢开车。她意识到自己正激动地对狗讲述着它不懂的事情。她竟然对它说"亚特兰大是《乱世佳人》的故乡"和"提防有水滑梯的宗教"——她看到的一

---

1 米克·贾格尔(Mick Jagger, 1943—):英国摇滚歌手,滚石乐队的创始成员之一,1969 年开始担任乐队主唱。

张保险杠贴纸。

狗在公寓里的表现要比在车上差。它焦躁不安地勘察了一番，然后在床底下藏了两个小时。它撕碎了一本封面人物是霍梅尼的年代久远的《时代》杂志。它一口吞下她给它的任何食物——狗粮、罐装火鸡肉、一盒冷冻减肥餐里的鱼片。她给了它一片巧克力饼干，然后想起来在哪儿读到的巧克力对狗是致命的。她不是很确定。室外，米克实地察看了小院子，在灌木丛下刨坑，浇灌杜鹃花。它朝进出停车场的汽车狂吠。有时它似乎在冥想，直直地坐在那里，闭着眼睛一动不动。

午夜时分，安妮与米克分享了两颗煮鸡蛋，他们看了贝蒂·戴维斯主演的《弥天大谎》。安妮希望韦斯会来电话。她想象告诉他斯科特淹死了，或者去参加空军了。狗毛形成的"风滚草"飘到了走道的护壁板上。她想知道克莱顿·斯科维尔是否对狗过敏。她试图想象这位律师的模样。鲜黄色漂流筏上帅气的单身汉，与一伙人不顾危险地沿着赞比西河顺流而下，所有的人两颊通红，无拘无束，打情骂俏地享用着为他们准备的置于帐篷旁的夜宵。她觉得他可能是个混蛋。

夜里，她听见米克的趾甲在门厅镶木地板上发出的声音，然后听见它在扒地毯，也许是自从它到来后就一直在闻的地方。它的感官与她的如此不同，它的感知对她而言简直就是个谜。她看着狗和它海绵鼻头上像刚落雨的湿点，感到一种自高中以来从未有过的快乐。早晨给父亲打电话时,她告诉了他这条狗。"你开始进入状态了。"他说。

周三上班后,尽管韦斯坚持说她不必买下两张票,安妮还是付了他一百五十块的票钱。实际上,她打算找安德鲁报销斯科特的那张票。她觉得这样才公平。

晚上,她观察到韦斯在指挥侍者、检查备料、心不在焉地抚摸着黏糊糊的榕树时表现出的镇静和高效,同时还在与客人寒暄。她看见他站在菜台边与特蕾莎推心置腹,特蕾莎总是一下班就赶往公交车站,急着回家看管她的孩子。特蕾莎十来岁的儿子因入店行窃要在少年法庭出庭,韦斯同情地聆听着。有时安妮觉得韦斯是个精明圆滑之辈,有时却觉得他像等待基督再世的宗教狂徒一样真诚——只不过他的基督再世是"滚石"音乐会。她觉得这很正常,她的心怦怦直跳。

稍后快要结束营业时,她冲动地邀请他去看她的狗。

"要是斯科特撞见我俩在你那儿会怎样?"

"不会的。"她说。

他开车跟着她。开车时,她察觉到后视镜里他的车大灯的存在,它们就像一对暴露她的生活的聚光灯。走进她的公寓时,他羡慕地吹起了口哨。"我不知道你这么有钱,安妮。我的天啦,你愿意嫁给我吗?"

"哪怕换去调鸡尾酒，我也负担不起这个地方啊。"她笑了起来，"只是暂住——朋友的朋友。"

米克在叫。她把它放进厨房，它欢快地扑向她，贴着她脸庞的狗鼻子凉飕飕的，狗尾巴击打着厨房的墙。但当韦斯走进厨房时，米克畏缩地退到了角落里。

"它不该那样。"韦斯说，有点担心。

"它有点认生。"安妮解释说，"它经常躲在床底下。"

她给了米克一小块从餐馆带回来的牛排，但她不得不举着装牛肉块的泡沫打包盒不让它够着。它跳着够了两三次，她只得把盒子放在冰箱顶上。它在厨房里转着圈，爪子在瓷砖地板上发出刺耳的声音。

"如果不开始训练它，它将会左右你。"韦斯警告说，"给它那块肉只会助长它的坏习惯。"

韦斯的教师腔调激怒了安妮。"嗳，它很喜欢我。"她说，用手臂搂住狗。米克用鼻子擦着她的手，她轻柔地抚摸着它。

"它有可能变成一条因恐惧而咬人的狗。"韦斯说。

"你要来瓶可乐或别的什么吗？"安妮不耐烦地说，"我没有啤酒，我不喝烈酒。"

米克还在往她身上扑，她只好喂了它一碗狗粮和剩下的碎牛排。吃的时候，它一边低声咆哮一边看着韦斯。等它吃完后，安妮把它放了出去。

"要吃煮鸡蛋吗？"她问韦斯。

"不要，谢谢。可乐就可以了。"韦斯在研究书架。

"下班后我总要喝一罐可乐，再吃一个煮鸡蛋。不知道为什么，估计是习惯吧。"她决定不当着他的面吃鸡蛋。她把一袋炸玉米片倒进一只碗里，把碗放在了咖啡桌上。

"我看见这里有些体育方面的书，以为也许会有与狗有关的。"韦斯说。

"没有。我已经看过了。这间公寓的主人是个户外狂人，不过我不认为他是那种会被狗拴住的人。"

为了转移韦斯的话题，安妮放了一盘滚石乐队的磁带，又问起他家里的情况。他们坐在客厅巨大的真皮沙发上。他一边说话一边转动杯垫上的可乐杯。他说："我是五个孩子里中间的那一个，是家里第一个上大学的。我弟弟现在在上奥本大学。我家不算穷，但我们必须做预算。爸爸给州政府做事，妈妈在老家新购物中心的杰西潘尼上班。他们现在的状况比过去好多了，但他们不知道怎样活得轻松一点。"韦斯舒适地坐在皮沙发上，嘎吱嘎吱地嚼着玉米片。他接着说道："妈妈的成长过程中，日子过得很艰辛。她总是说他们穷得都不去关心。"他微笑着把手再次伸进碗里，"我从来不知道她那句话的意思，但我想她是说他们除了工作以外没时间做其他事情。送我去上大学的时候，她脸上的表情就像我要进入另一个世界，要背弃她了。所以现在即便我在一家高档餐厅工作,每周我都会给她和爸爸打两次电话,给他们寄生日贺卡、母亲节父亲节贺卡。我永远不会忘记她脸上的表情。"他笑了起来,"家庭经历的事情很有趣,牵涉得又那么深。"

他的声音像棉花一样干净且有吸收力。安妮意识到她的狗在吠叫,夜深了,播放着的歌曲中的低音在嘭嘭响。韦斯一直在说话。当他停下来,信任地示意轮到了她时,她不知道该说什么。她缓慢地摸索向前,含糊地谈论着童年的感受、她的抱负、她对亚特兰大的看法("像某个万国博览会")。她欣赏他发际线上的一个不服从他精致且看起来昂贵的发型的小发卷。她听到一辆汽车开进了隔壁邻居家,然后是一阵狂吠。

"对不起,我最好做点什么。"安妮小心翼翼地把米克放进来,拉着它的颈圈。它立刻躲到放在角落的安乐椅后面。

韦斯起身离开。"你知道吗,安妮,同事说你是公司派来的间谍。"他面对着她说。

"我不知道该说什么。"她说,摆弄着手上的玻璃杯和杯垫。心都提到嗓子眼了,她会对安德鲁说。

"我不知道那是不是真的,我也不会问你,但总的来说,当一家公司不能信任自己的员工而不得不派外人来检查他们时,状况非常可悲。这就像是俄国。"

"不再是那样了。"她提醒他。她喋喋不休地接着往下说,"我明白你的意思。知道该信任谁越来越困难了。所有的人都说他们是真诚的,他们看起来很真诚,但与此同时,他们却活在一个厚颜无耻的谎言中。"

"你是说'赤裸裸的谎言'。"

"不是'粗体字'那个词?像'文章标题'。"[1]

韦斯在打哈欠。他把蓝色风衣口袋里的车钥匙弄得哗哗响。"我不是有意伤害你的感情。"他说,转动着门把手,"不管怎样,我觉得你需要多花点时间在那条狗身上。这会是一个挑战。"

"我确实需要更多地了解狗。"她说,朝他打了个哈欠。她想知道打哈欠是否会传染给狗,并决定稍后与米克试一下。

韦斯离开后,米克在房间里来回踱步,四处嗅。他朝韦斯坐过的沙发抬起了腿。

"坏狗狗!"安妮大喊一声。当她拿着纸巾从厨房回来时,看见米克叼着律师的帽子,这顶帽子不知怎么被它从壁橱里翻出来了。她朝狗扑去:"放下,米克!不要这样,米克!"

米克扯下帽子上的一个耳罩。当她试图从它那儿夺走帽子时,它带着占有欲咆哮着。她拿回了帽子,但它留下了耳罩。

她跌坐在地板上,抱着狗的头。"好吧,米克,"她说,"是时

---

[1] 安妮在形容谎言(lie)时用了"bold-faced",这个词有"厚颜无耻"的意思,也有"粗体字"和"文章标题"的意思。但她其实想说的是"赤裸裸的谎言",所以应该用"bald-faced"这个词。"bald-faced lie"经常被人误用成"bold-faced lie",大概是被理解成了撒谎都不脸红的意思。

候谈谈心了。"

她通过安德鲁的车载电话找到了他。

"我现在该怎么办？我觉得我搞砸了。"

"别慌，"安德鲁说，"我可能很快就会让你飞去其他地方。"

"好吧。太混乱了。我做好改变的准备了。"

"好姑娘。"

"我的狗怎么办？"

"你为什么要养狗？"

"因为我想要条狗。"

"什么样的狗。"

"德国混种牧羊犬。"

"好狗。"

"安德鲁？"

"我在。"

"不要说'好姑娘'。听起来像'好狗'。"

"好的。"他停顿了一下，她能听见电话里传来的一声汽车喇叭声。

"我有车，"她说，"我必须坐飞机吗？带着狗？"

"你可以开车。没问题。安妮？我很抱歉。这不是你的错。我觉得消息是从别处走漏出去的。但这是其中的一部分，你懂的。"他的声音充满活力，不时被车辆的声音打断，"你做了你应该做的。现在我们知道有人在监视。他们紧张了。肯定出事了。"

"嗯,我知道我没有泄露。也许有人看见我在餐巾纸上写诗,以为我在记录他们的行为。"

"你为什么写诗?"

"与养狗的原因一样。"

"有意思。好吧,安妮。好好睡一觉。明天下班后和我联系,我们再决定接下来做什么。我在考虑伯明翰,不去那里就去小石城。"

安妮想的是里维埃拉,或者赞比西河。她想象和米克一起上路。狗好像很喜欢坐车,她看到他们俩一起去冒险,一个团队——就像独行侠和托托[1],刘易斯和克拉克[2],哈利和莎莉[3]?她记得的双人冒险组合不多,但她确信有很多。她想知道自己是否应该继续从事这种工作。韦斯难住了她。她一直在努力完成她受雇的工作,毕竟父母送她上大学是为了让她找到一份报酬好的工作。但他们认为她学的是酒店管理专业,毕业后的第二天就可以开酒店了。

---

[1] 独行侠(Lone Ranger)和托托(Tonto)是两个颇受美国人喜爱的虚构角色,在美国旧西部时代,他们一同维护正义。
[2] 美国首次横穿大陆西抵太平洋沿岸的往返考察活动的两位领队,梅里韦瑟·刘易斯上尉(Meriwether Lewis, 1774—1809)和威廉·克拉克少尉(William Clark, 1770—1838),该活动由杰弗逊总统所发起。
[3] 电影《当哈利遇到莎莉》(*When Harry Met Sally*)里的两个人物。

稍后她把米克放到屋外，它立刻狂吠起来。她抓住它的颈圈让它停止狂叫，但它叫得更凶了。她也没法把打哈欠传染给它。它发出呜咽声，然后以一种令人难堪的方式用爪子扒着地面。传来一声汽车喇叭声，它猛地撞向栅栏，狂吠声飞出它的喉咙，就像水管爆裂一样。

第二天上班前，安妮去公共图书馆借阅与养狗有关的书籍。韦斯对她的狗的看法是对的。她有一个让她头疼的宠物。她把米克留在院子里，它狂吠不止。她不知道它能跳多高，也不知道邻居会用什么东西毒死它。下周，她可能会远离亚特兰大。她将不得不把书寄回去。

她借了六本关于狗的书——服从、营养、犬类历史，甚至还有一本关于僧侣训练德国牧羊犬的成功指南。后来在洗手间里，安妮注意到一个女人站在角落里她为自己做的简易床旁边，正通过耳机收听一台小型收音机。突然，女人把手伸向安妮的脸。安妮看到折断的指甲，上面涂着亮橙色的指甲油。手粗糙干裂。安妮退缩了一下。

"有零钱吗？"那个女人在说。

安妮把手伸进钱包，找出一把硬币。女人把零钱丢进一个带有艺术博物馆标志的手提包的侧袋里。她看上去四十多岁，头发蓬乱，身上穿着好几层衬衫和背心，浅绿色的裤子上沾满了棕色的污渍，裤腿塞进闪亮的红色橡胶靴子里。

"喂,说你呢,离开我的地盘,"[1]女人用单薄的歌唱嗓音喃喃说道,"整天都在听这个。滚石乐队一晚上赚的钱比我妈一辈子赚的还要多。"

"你要票吗?"安妮冲动地说道,"我多一张票。"她放下书,把手伸进钱包,拉开放票的隔层的拉链。

女人讽刺地笑着说道:"嗯,让我想想。我的社交日历上什么也没有,今年我也不打算去坐加勒比游轮。我肯定钱多得花不完。"

"不是,我的意思是,我送给你。我不是票贩子。我就是想送给你。"

女人端详着门票上的字迹,嘴巴无声地蠕动着,脸上毫无表情。

"你就假装自己中奖了。"安妮说,倒退着离开了洗手间。她没有等电梯,而是跑着下了两层楼梯来到出口,停下脚步给门卫看图书馆的书。她被自己刚才做的事情搞糊涂了。等她来到自己的车前,她突然想到那个女人有可能卖掉那张票去买毒品。安妮设想谁会出现在她旁边的座位上。这就像在期待一场相亲。这是一个有趣的想法——这个想法让她停下了将钥匙插进启动器的动作。她意识到她没有向安德鲁提及的一个重要的事实。在看完

---

[1] 滚石乐队一首叫《离开我的地盘》(*Get Off of My Cloud*)里的一句歌词。

"滚石"之前,她不能离开亚特兰大。她不会。就算被解雇了又怎样。

餐馆里韦斯正在用酒精棉球精心擦拭榕树。"每一片该死的叶子。"他自豪地说,"我很早就来做这件事,快做完了。"

"这棵树看起来很棒。"她说,惊讶会有人花这么大的力气来做这件事。韦斯似乎很开心,他退后一步,审视着那棵闪闪发光的树——他拯救的生命。

"你看上去有点紧张。"他说。

"真的吗?哦,我想是有点。我想毕竟我还没有为这个大城市做好准备。"她告诉了他图书馆里那个女人的故事,"我把多余的那张票给她了。斯科特不去了。"

"真为你骄傲。"韦斯边说边把树移回原处。他把棉球捡起来,塞进早报的商业版里。他用餐巾擦了擦手。

"下班后想去吃饭吗?"他问,"我知道的这家烧烤店虽然只是家小店,但他家的烧烤绝对是一流的。他们把几乎一整头牛放在一张大桌子上。你用钳子把肉撕下来,放在一块冰箱纸板上,拿给他们称重。基本上这就是个吃肉和沙拉的地方,但比我们这儿提供的窝囊法国菜好吃得多。"

安妮盯着韦斯。热情像外面冒泡的喷泉一样从他身上喷涌而出,即使在白天,喷泉的氛围灯也亮着。

"要向你道个歉,"他说,"昨晚我不太友好。"

"没关系。"

"我们去吃饭吧,我不会再提你的狗或你的男朋友。"

"我借了些与狗有关的书。"她说,她凝视着窗外的车流,"冰箱纸板到底是什么东西?"

韦斯在给出答案,一个过于热情的描述,她没完全听懂,但打算先把它存下来,以后再仔细品味。人们正在下班,人行道上穿着相似的商务人士影影绰绰——朦胧、层叠的身影交织在一起,像一群盘旋着的鸟儿。她的目光集中在这个场景中唯一的亮色上——一双女人的黄色篮球鞋,颜色在起伏,像灰色波浪中颠簸的小船。

三轮车

　　透过满是尘土的窗户，玛丽看见男孩子们又在树林里乱窜。他们从一棵树偷偷溜到另一棵树的后面，躲藏起来。今天他们带着来复枪。

　　她停下制陶轮，跺着脚来到外面。小男孩是兄弟俩，住在隔着两栋房子的小白房子里。那栋小房子似乎被油桶和鸡笼构成的障碍物封闭了起来。

　　"小子们，你们现在想干啥？"她说，用旧洗碗巾擦着粘满黏土的手。他们故作天真地对她微笑着。

　　"需要我们帮你杀蛇吗？"年龄较大的那个说，他叫杰布，此刻正用亨弗莱·鲍嘉[1]式的狡黠目光盯着她看。他大约十岁。

"不需要。你们干吗要杀我的蛇?"

"它们可能会进到你的会所里。"年龄小的那个说。他的名字叫阿贝,脸上长满了雀斑,像一个旧的蓝搪瓷洗碗盘。

"你有一个顶呱呱的会所。"杰布说,把头向后甩了半英寸。

他指的是她的陶艺工作间,一间紧挨着仓库的小棚屋。她把时间都花在了那里,拉坯。她没时间陪小男孩玩或者做这儿的人认为正常的事情——做饭、看电视、去教堂。她确信这些小男孩上周摘掉了她所有的水仙花。

"你需要我们帮你杀土拨鼠吗?"杰布说。

"我没见到过土拨鼠。"

"土拨鼠一块五毛钱一只,蛇十块钱一条。"年龄小的说。

杰布移动了一下他的来复枪。他说:"阿贝专门打蛇。我打狐狸,但它们不多了。郊狼在干掉所有的土拨鼠。"

"我不需要你们这些小男孩上这里来。"玛丽说,提了提她的工作服。

"你就没有需要杀的吗?"阿贝说。

"我们可以帮你干活。"杰布说。

---

[1] 亨弗莱·鲍嘉(Humphrey Bogart, 1899—1957):美国著名男演员,主演过《卡萨布兰卡》《马耳他之鹰》《非洲女王号》《叛舰凯恩号》等。

"我不需要你们帮忙,"玛丽说,用手指了指"会所","别让我逮到你们在那儿捣乱。"

他们举着枪,消失在仓库的拐角处,那里有一扇锁着的门。"里面有什么?"她来到他们身边时,杰布问道。

"那里面有我的烤箱。"玛丽带着一丝狞笑说道,"我的烤箱热得能把你们的枪熔化掉。所以别让我逮到你们在这儿胡闹,否则我会把你们关进我的烤箱里。"

"我们不害怕。"杰布说。

"你们不知道发生在汉塞尔和格莱特[1]身上的事情吗?"她问道。

他们茫然的脸在说不知道。

"真可悲。"她说,"你们爸妈就没教过你们什么吗?"

她确信自己不断发现的散落在树林里的死鸟是这些男孩杀死的。本月早些时候,她在一棵树的旁边发现了一堆鸣鸟。支离破碎的鸟儿看起来就像是为了一场歌会而聚集在一起,然后把自己唱死了。

---

1 《汉塞尔和格莱特》(*Hansel and Gretel*):《格林童话》中的一则故事。故事的主人公是一对兄妹,在后母的逼迫下,被父亲抛弃。有一次哥哥被巫婆锁在屋中,妹妹被迫做劳力,就在巫婆要吃掉哥哥之时,妹妹借向巫婆学习添柴之机,将巫婆推入火炉中。兄妹俩带着巫婆的财宝回到了家中,后母已经去世,兄妹俩和父亲一起过上了幸福的生活。

第二天,她从厨房的窗户看到男孩们从仓库后面偷偷溜了出来。他们拉着一辆小推车穿过树林,在她请人运来的一堆新泥土前刹住脚步并开始挖掘。这些泥土是用来填旧茅房的地基正在下沉的地方,但泥土被倒在了离那个坑十码远的地方。交错的树根覆盖着地面塌陷的地方。

她再次冲出门去面对男孩。"你们在干什么?"她大声嚷嚷道,"别碰我的土。"她停下来定了定神,但还是冲口而出,"我知道你们这些小屁孩对我的水仙花做了什么。你们是小偷和捣蛋鬼。"

她指着几码外被采摘过的残花,想象水仙花还在点头,像一种本能的反应。

"我们想工作。"杰布说。他们真诚的面孔像剪切下来的花朵一样对着她发光。年龄小的那个是个矮胖子,浅黄色的头发沿后脑勺中间剪出一条线,就好像他和一只丛林野猪发生过冲突一样。他说:"我们需要帮衬家里,因为妈妈丢了工作,需要搞到些商品。"

"不是商品,阿贝,是农产品。"杰布缓慢地说道。

"奶酪和一些不值钱的东西。"阿贝说着做了个鬼脸。

"你们拿我的泥土干什么?"玛丽问。他们的小推车里有些新泥土。

"我们打算帮你运土——把那个坑填满了。"杰布突然显得有趣,他的举止就像一个经验丰富的建筑承包商。

玛丽仔细打量着这两个小男孩。自从她从叔叔那里继承了这份很难打理的房地产后,一直找不到帮工。她忙着做陶罐。她需要完成春季产品目录上的订单,打理户外的工作落后了。去年十月搬过来时正赶上树木在落叶。她没有时间耙树叶和割草。她知道沿路的那部分必须保持整洁,否则会被罚款,但她并没有紧迫感。仓库里堆满了她压根没用过的机器。最近,住在同一条街上的邻居海耶斯太太顺路过来聊天和打探。她说:"你叔叔总把树林打扫得干干净净,清理残枝,草坪修剪得像公园一样。但是你把花盆和沙袋到处堆放。你叔叔可不是这样照料这个地方的。"

玛丽立刻恨得直咬牙,觉得这个邻居笑里藏刀,但她还是去报上登了一则招聘修整庭院男杂工的广告。有个人说会来修剪树木,但没有来。另一个人接受了这份工作,但耙了两个小时的树叶就头疼回家了。事后打电话说他对叶霉菌过敏,不得不辞工。再后来一个女人打电话指责她的广告有性别歧视。玛丽撤下了广告。有时她只是不多想,她告诉自己。大多数时候她不去想。她需要集中精力一次只干一件事情。她在这里,不在圣达菲。她必须做陶罐,完成订单。听从亨利·梭罗[1]和亨利·福特[2]的建议,她

---

1 亨利·梭罗(Henry David Thoreau,1817—1862):美国作家、哲学家,超验主义代表人物,也是一位废奴主义及自然主义者。

2 亨利·福特(Henry Ford,1863—1947):美国汽车工程师与企业家,福特汽车公司的建立者。亨利·福特是世界上第一位使用流水线大批量生产汽车的人,这样的生产方式使汽车成为一种大众产品。

放弃了其他的东西，亨利·梭罗说："简化，再简化。"亨利·福特则说："先简化，然后加上轻盈。"福特谈论的是他的飞机方案，但她觉得那句话适用于任何东西。

小时候来这里，那个小棚屋是她的游戏室。她在小男孩此刻正在探索的树林里玩耍。那时树林还很茂密，遮住了茅房，从路上看不见。有一年她回肯塔基探访，鲍勃叔叔和瑞巴婶婶家里有了一间贴着橙绿色仿瓷砖的新卫生间。现在瓷砖已因背面的霉菌鼓了起来。

"好吧，也许我需要你们帮忙。"玛丽对男孩说。

他们穿着宽松的牛仔裤，反戴着棒球帽。他们的小车锈迹斑斑，车的一端放着发黄的垃圾和一叠粘在一起的漫画书。

"我们会除杂草。"杰布对玛丽说。

"昨天我们除了篱笆边上的杂草。"阿贝说，"妈妈说我们干得很好。"

"我们只需要把这个坑填上。"玛丽告诉他们，"这里曾经有个茅房。我想把树根露出来的地方填平。"

"我们需要一辆翻斗车。"阿贝一本正经地说。

也许他的头发是用割草机推出来的，玛丽想。"你们知道茅房是干什么用的吗？"她问。

他们在摇头。

"我敢打赌你们从来没见过。"

他们的脸上没有露出一丝好奇。也许她说"环保局"反而会更令他们兴奋。

"好吧,"她对男孩们说,"如果你们能在今天下午运走那些泥土并把坑填上,我付给你们五块钱。"

"十块。"杰布说,"我们有两个人。一个人五块。"

她咕哝了一声"好的"。

男孩们开始工作了。她在工作间里观察着他们,她正在给一个中等大小的陶罐塑形。她做的陶器简单实用,不像她过去在圣达菲制作的那些结构复杂但没什么用处的艺术品。她不再附庸风雅——全是些空洞且以自我为中心的东西,她断定。她的作品并不比瑞巴婶婶收集的亮闪闪的陶瓷青蛙和小精灵高明。现在,她给一家邮购公司提供普通陶罐,公司将它们作为烤面包的烘炉出售,并附有配方。她曾试着用其中的一个来烤面包,但这似乎是一件既蠢又笨的事情。

每隔几分钟,她就抬头看一眼小男孩们。他们真是一对怪物,有着老人的名字。他们甚至像老人那样说话。

男孩们在附近走动让她无法专心旋转泥坯。她放弃了,来到外面。她开始在垃圾桶里焚烧树叶。男孩们来到她身后,吓了她一跳。

"四点半之前你不能烧火,"杰布说,"要等风停了。"

"关你什么事?"玛丽问道,一边把树叶扔进火里。

"他们会抓到你的。他们乘直升机过来，寻找烧火的人。"

"他们在找玛丽-胡安妮塔。"小的那个说。

"你怎么知道的？"

"爸爸说的。"

"你们运了多少土了？我可不是付钱让你们上主日学校的课程的。"

"我们需要你的割草机来拉我们的小车，这样会更快。"

"那太傻了吧。"

"那样我们就能运两倍的土。"

这个想法很诱人。她可以把割草机开出来。在上个庭院杂工的两小时"造访"之前，她已经给它加满了油。两小时的杂工应该比六十分钟的男人好两倍，她想，想起了那首粗俗的老歌。她一直认为那首歌应该是电视节目《六十分钟》的主题曲。她思绪飞扬，突然想去看一下仓库里的设备。

她进屋去拿仓库的钥匙。鲍勃叔叔和瑞巴婶婶破落的老房子像一个古董店，到处都是污垢斑斑的旧物件。玛丽清出两间房间供自己使用，将不值钱的小摆设塞进了其他房间，又把针绣枕头、人造花、可口可乐纪念品（鲍勃和瑞巴的一生）等堆放到一边。

男孩们跟着她来到仓库。阿贝拖着一根烟草秆。杰布用另一根棍子抽打着灌木。"别动那些灌木。"她说，"它们很快就会开花，到时候你们不要把它们的头扯下来。"

她打开了仓库。一个设备的宝库——一台吹叶机、几台割草机、一辆坐式草坪拖拉机和一辆全地形三轮车。

"哇,"杰布说,"三轮车!"

"啊。"阿贝张大了嘴巴。

她差遣他们开着可以乘坐的割草机接着干活,但不久他们又回来了,一头冲进她的工作间。她全神贯注地工作着,正在把一个陶罐从陶轮上旋下来。

"你需要把那辆三轮车弄出来开一开。"杰布说。

"不用,我相信不需要。"陶轮的转速慢了下来,旋转的声音变成了沙沙声。

"如果不开,它会生锈的。"

阿贝说:"我想开。"

"你们把泥土都运走了吗?"陶罐闪闪发亮,鲜亮夺目。

"我们需要那辆三轮车。"杰布说,"用它来拖小车子会更好。"

"轮胎没气了。"她说。

"我们家有气筒。我们去拿!"

他们把她含糊的点头当作了"同意",飞奔回家。

她把一部分陶罐装进板条箱,运到窑房。她喜欢把东西烘烤成形的过程。她喜欢易碎的陶器带给人的一种永恒的幻觉。

没一会儿,她看到男孩们拿着气筒穿过树林。等她来到他们那里,他们已经进入仓库并在给三轮车轮胎打气了。杰布打开油箱盖,用手指在油箱里探了探。

"它随时可以出发了!"他大声喊道。

她想要是能用柳条抽抽这些男孩该有多称心。

杰布兴奋地说:"我们外公说他不知道哪年见过这样的三轮车了。"

"外公住在我们家,"阿贝说,"他整天睡觉,但他睡醒了,给我们找来了气筒。"

"我没有开这个玩意儿的钥匙。"她说。

"不用钥匙。它有一个按钮。"杰布说,他已经在启动了,"如果我们把小车挂在它上面,拉土就会快很多。"

"我们是好工人,"阿贝说,"我们是工作狂。"

他们已经把三轮车开走了,就像她要赶的公交车,没见她招手就开走了。他们冲过树林。坐在杰布身后的阿贝抱着他的腰。三轮车上下颠簸着。她跟在他们后面跑到那堆泥土跟前。

"你的土太多了。"杰布说,"我们需要运一些到下面的小溪那儿。"

他指着灌木丛另一边她地界边上的一条小溪。虽然已是四月,也只是涓涓细流。

"如果我们有一捆干草,我们可以把它装上车开到那里,为我们建造一座水坝。"杰布说。

玛丽摇摇头。"如果你们把溪水拦住,你们会淹没整个底部的。"

杰布说:"如果我们有像海狸那样努力筑坝的人,就可以筑起一座好水坝。"

"可以用棍子,"阿贝说,"还有树木。"

"如果我们有一个池塘,我们就能抓到鱼。"杰布说,"如果有水坝,我们也能抓到海狸。"

"不要把溪水拦起来。"玛丽平静地说道,好像在与他们进行理智的讨论,"这里没有海狸,如果你们在小溪上筑坝,史密斯先生那边的池塘就会干掉,我们这里就会有一个池塘。这就像是偷了别人的池塘一样。"

她看到大男孩眼中的闪光像电火花一样越过突触,跳进了他弟弟的眼里。她说:"现在你们要像我雇你们时要求的那样把那些泥土运完。"

她回到自己的工作上。她必须转出另一套陶罐。她切开黏土,在桌子上生气地摔打着。她不相信男孩们会因为树根而掉进茅房曾经所在的坑里,但如果掉下去了,那是他们自己的错。是他们缠着她不放。她拍打黏土,转动制陶轮,把泥土旋转成形。小男孩们在运土。他们想筑一座水坝。筑坝和制作陶罐相似。他们真说了三轮车不会生锈吗?她打了个寒战。她在想她上次做爱是什么时候。医生说定期的性生活能保持身体组织健康。

玛丽再次朝树林投去一瞥，现在树林里到处是男孩——至少有一打，大大小小。一个头发蓬乱的男孩正驾驶着三轮车在崎岖不平的树林中颠簸前行。男孩们在欢呼尖叫，树林里回荡着他们的喧闹声。死去的鸟儿突然触动了她。她可以想象成堆的蓝鸣鸟和知更鸟，它们腐烂的身体堆积在一起，就像是一同前来参加一场献祭。对那个场景她有种漠然的感觉，就像那是电视上发生的事情。

她进屋去上洗手间，惊讶地看到镜子里有一个模糊的女巫。她觉得应该尝试在脸上敷泥巴。她有很多黏土可以用来做这个。应该有一种保护面部的上釉技术。

电话铃响了。

"我看到你家树林里发生的事情了，"笑里藏刀的邻居说，"我担心那些小男孩会受伤。"

"我看着他们呢。"玛丽不耐烦地说。

"鲍勃·伯尼过去经常让附近的男孩子骑那辆三轮车，但后来通过了一项法律禁止这么做。你不知道吗？如果有一个小男孩受伤了怎么办？你疯了吗？"

"你要报警吗？"玛丽回敬道，"你为什么不让人把我们都抓起来？"

"我可不想跟警察打交道。"笑里藏刀的邻居说，"你没法相信他们。"

"你怎么知道是我把三轮车给那些男孩开的？"玛丽说，"如果车是他们的，他们怎么开是他们的责任。"

"好吧，我打电话只是想让你知道有人可能会受伤，他们会没完没了地起诉你。我不喜欢多管闲事，但我觉得应该给你而不是给警察打电话。那不是我们这儿的做事方式。"

玛丽"砰"的一声挂断了电话。满是泥巴的手印像袖子一样包裹着听筒。

三轮车正驶向小溪。一个瘦削的黑发男孩在开车，他在加速。机车颠簸并发出呼哧呼哧的喷气声。一群男孩跟在后面奔跑，想追上他。他们和他一起越过小溪，在浅水区溅起水花。男孩们都在大声喊叫，争着要骑车。她没有想到三轮车现在是非法的了。这些年她都去哪儿了？可她为什么非要知道这些事呢？她意识到如果它们是非法的，那么买卖它们可能也是非法的。她曾指望最终能从这些庭院设备中收获点钱。想到如果她过于愤怒，有可能会让一个孩子受伤，她不由得不寒而栗。

她手上的泥巴结成了干块，皮肤被绷紧了。树叶的火苗快要熄灭了。烟雾转向了她的方向。如果她大声叫喊，男孩们不会听见她的声音——风向不对。反正他们也没有在听。她只是一个蓬头垢面的怪女人，在风中大声叫嚷。另一种场合下，她会被当作拎着纸袋流浪的女人。纸袋部分很容易解决，瑞巴婶婶保存了上千捆的购物纸袋。

"让我来教你们怎么骑这玩意儿吧。"她说,走到男孩们的身边。他们围着她——坚硬的小身体,又湿又脏,都穿着松松垮垮的衣服。她说:"我知道一些技巧。我可以像骑扫帚一样骑这玩意儿。还记得电影《E.T. 外星人》中的那个场景吗?天上的自行车?你们知道女巫能用这个奇妙的玩意儿做点什么吗?"

杰布把黑头发男孩从座位上推开,让玛丽坐上去。

"看你骑的话会很好玩。"杰布用亨弗莱·鲍嘉的派头说道,"让开,所有的人。让她来骑。让我们看看这位女士的飞车身手。"

"她可能会骑着它飞上天,我们再也见不到它了。"一个噘着嘴的小男孩担心地说。

"她真的是女巫吗?"一个留着寸头的男孩问杰布。

寸头男孩身上的 T 恤上写着:

七天

不祷告

让人虚弱[1]

---

1 英文"虚弱"(weak)与"一周"(week)发音相同。所以 T 恤上的那段话可以有完全不同的意思:"七天,不祷告,正好一周。"

"女巫连我的一半都不如。"她说。她坐上车，握住把手试了试。给车子加油，她瞄准一排张大嘴巴的男孩，朝他们骑了过去，小东西们跳开了。她骑着孩子气的三轮车穿过树林，行驶在崎岖不平的地面上。她经过树桩，蓝鸣鸟和知更鸟像琼斯镇受害者[1]一样堆积在那里。绕过茅房那儿的大坑，她换到高挡上，然后更高挡。她把三轮车骑上了公路，加速，挥手告别。

她一边骑车一边做梦似的想着大卫·麦卡利斯特的哈雷摩托车，她怎样骑坐在他身后，他们在漆黑的乡间小路上疾驰而过，路边是天然红岩石形成的矮墙。那是1983年春天，在新墨西哥州。她搂抱着他坚硬的腹部，闻着他的后背，脸贴在他的熟皮夹克上。她回忆起摩托车上的那个夜晚，就像在脑海里看电影一样历历在目。她紧贴着他坐在他身后，无所畏惧且轻松愉快，洋溢着青春。早些时候，她听到哈雷摩托车在她屋外咆哮着停了下来，他拿着一打用报纸包着的热玉米粉蒸肉进来。他等着她吹干头发，用微波炉热了一杯咖啡壶里早晨剩下的咖啡。她问起他跑掉的狗。他很高兴，因为狗回来了。她快乐，因为他快乐。粉蒸肉的油脂弄脏了厨房的桌子，他们在那里坐了很长时间，坠入爱河。随后他们去做穿越峡谷的夜间骑行，随着道路起伏。

---

[1] 美国人民圣殿教的创始人、领袖吉姆·琼斯于1978年11月18日在圭亚那的琼斯镇以武力逼迫900多名信徒一起集体自杀，造成震惊世界的惨案。

她最后一次见到他时，陷入可卡因烟雾的他躺在医院里。她向他告别，但他没有听见。她沿着40号公路向西行驶。围绕着他的那团烟雾的色调和质地似乎被投射到天空这个巨大的擦洗板上了。就好像他的头脑在向蓝色的天穹喷射废物。他爱用"废物"这个词。他本可以成为一名建筑师，她想。他把所有的风景都看作是建筑——岩石、沙子、灌木丛以及天空的景色和线条。一片荒原，他总爱那么说。她没法一直爱一个挥霍天空的人。那是她最后一次坠入情网。现在他只是发生在她过去的一件小事，是她生活中无法控制的碎片之一，她已经把它扫到马路下面，就好像这条马路是一块地毯，现在她在肯塔基，寻找路标。但她仍然骑着那辆哈雷。她记得在摩托车猛然扫过的灯光下，她看到路边站着的一只猫头鹰，有小孩子那么大。猫头鹰转过头，以非同寻常的优雅缓慢地飞进茫茫黑夜。

殡仪馆一侧

两年来第一次回家的那天晚上，桑德拉·麦凯恩睡在她母亲以前的缝纫间里。她自己的房间摆满了楼下商店的家具。一楼的一侧是麦凯恩家具店，另一侧是麦凯恩殡仪馆。十几岁时母亲去世后，桑德拉便在家具店工作，而小的时候，她和她弟弟曾在并排摆放的沙发之间捉迷藏。现在，自从她父亲得了中风，只有很少几位店员经营着家具店，另一侧的殡仪馆则关掉了。

夜里，她听见父亲的手杖戳在走廊地板上发出的声音。她听见抽水马桶冲水的声音。

那天晚上早些时候，他们坐在阳台上看萤火虫，她父亲说：

"我说桑迪,你是不是觉得我快要蹬腿了,所以决定回家看看你老爸。"

"我很高兴看到你仍然保持着殡仪馆的风范。"她告诉他。楼下的他总在展现自己的魅力,但楼上的他却想说啥说啥。中风不算严重,但削弱了他的身体。"以前我们从来没有这样的花。"桑德拉说。围着阳台挂着五六个种着倒挂金钟和天竺葵的时髦花篮。

"这个该死的地方总是摆满了花。"

"但这些花非常亲切,不像那些永远在楼下摆着的瘆人的剑兰和菊花。"

他握紧拳头,再松开手指,一种消除手臂麻木的锻炼。"你打算什么时候结婚安顿下来?"

"你总是问我那个,好像忘记了我结过一次婚。"

"那你为啥要离婚呢?"

"我们想要的东西不一样。"

"男人和女人想要的东西从来就不一样。"他说。

"好吧,爸,我确实不明白人类是怎么存活下来的。"

他咕哝着:"阿拉斯加那里到底是什么样的?是不是和那个老电视剧《北国风云》里的一样?"

"不是那样的。"

在阿拉斯加,夏季的漫长白昼开始了,所以肯塔基这儿的黑暗反而让人觉得不自然。从阳台上望出去,没有月亮的天空显得幽闭恐怖，不过萤火虫却闪烁着一点点希望的微光。

她父亲成年后就一直生活在这个垂死的小镇上，送逝者最后一程。肯定是他的工作扭曲了他的人生观，她想。上高中时，她很厌恶他——至少是厌恶他的工作。可现在她为他们之间的隔阂感到遗憾。她一时冲动的婚姻已经是好几年前的事了，当时她二十出头。她和韦恩在列克星敦附近的赫灵顿湖结婚。她父亲需要主持一场葬礼，没法参加。婚礼仪式结束时，参加婚礼的人都像企鹅一样从湖边石灰岩的岩壁上往下跳。当她看到婚礼照片时，在脑海中给客人们添上了燕尾服。韦恩是个怡然自得的大块头。他有数十个优点，其中之一就是他单纯的真诚。另一个是他总想着别人的好处，不在意他们的缺点。当时韦恩在读研究生，学的是工程，桑德拉则在攻读传播学硕士学位。一天晚上，当读到"大众传播的功能障碍"那一章的一半时，她突然把书扔到了房间的另一边。她再也没有回到课堂上。

早晨，桑德拉给父亲端来一杯香草茶和一碗格兰诺拉麦片。他坐在阳台上一把商店里的躺椅上。现在桑德拉已经重新调整了父亲在她眼中的形象，包括新出现的白发、更大的秃斑、更苍白的脸颊。

"我不吃那个玩意儿。"他说，冲着麦片做了个鬼脸。

"对你有好处。"她已经给他讲解了胆固醇和脂肪，"我在阿拉斯加就吃这个。"

"我们不在阿拉斯加。"他说,"我读到过人们应该吃适合自己地方气候的食物。这就是因纽特人吃鲸脂而中国人吃大米的原因。你在那儿不吃鲸脂吧?"

"我为什么要和你讲道理?"

他咧嘴一笑。"我读到过有位健康食品怪人,他要活到一百岁,从来不吃不纯净的东西。他进行了一次本该对他有益的禁食,然后就饿死了。"就在他大笑的时候,他的手杖掉在了地上。

"我不知道你到底想说啥。"桑德拉说,捡起了手杖。

"如果我没活到一百岁,临终时我需要一瓶威士忌和一大盒果果球[1]。"他笑了,"你能在我临终前给我带威士忌和果果球吗?"

"你说了算,爹地。"

桑德拉回到厨房,把格兰诺拉麦片换成了一盒鸡蛋。她想知道他只是固执于自己的饮食,还是他的工作让他认清了死亡。他还太年轻,不能死。一想到他死,她就怒不可遏——一部分是针对她自己的,因为她等了这么久才回家。

桑德拉骑着她父亲的自行车在镇上兜风。库克镇(人口数:1700人)被横跨低洼地的玉米田环绕着。五金店早就关门了,但

---

[1] 果果球(Goo-Goo Cluster):美国一款很受欢迎的甜点,用巧克力包裹着棉花糖、焦糖和花生。

主街上的花店、小杂货店、邮局和加油站仍在营业。麦凯恩家的房子是镇上六幢有点年份的大房子中的一幢，已经褪色发黄，木板墙壁也已经变形了。

她穿过铁轨往镇外骑，经过水塔和种植圣诞树的农场。他们家总会买一棵圣诞树用于家具店，另一棵用于客厅，第三棵用于殡仪馆。有一次，一个孩子在圣诞节前去世，家人带来孩子的礼物放在殡仪馆的圣诞树下。葬礼结束后，桑德拉的父亲将包裹着的礼物连同宾客登记簿和感谢卡一起还给了悲伤的父母。这家人将没拆开的礼物放在小女孩卧室一棵银色的小树下。现在桑德拉意识到那棵银色的树有可能是她想象出来的。

她骑了两英里，或许还要多一点，经过拖车式活动房屋，偶尔看到一些新建的砖墙牧场式住房。在阿拉斯加住过后，她觉得这里的地貌似乎有点局促且平淡无奇。尽管新房子像地里的真菌一样往外冒，但没有什么野生动物。阿拉斯加远在天边。她试图想象汤姆·吉拉尔多深夜坐在河边餐厅里的情景，阳光仍然在那里逗留。她想象他要了啤酒、蒸蛤蜊和驱虫剂。他们经常在那里坐上好几个小时，看水上飞机在切纳河上起降。她很遗憾错过了夏至。汤姆会和朋友们一起去老鹰峰，那里的太阳似乎是横着爬过天空的。

回镇上的途中，她在丧偶的姑姑家停留。街上停着一辆红色的皮卡车，一个男孩在院子里割草。母亲去世后，桑德拉父亲的妹妹克莱米姑妈试图扮演她和弟弟肯特母亲的角色，但他们拒绝了。桑德拉对自己的秘密讳莫如深,永远不会向克莱米倾诉——不说她的噩梦、她的悲伤和她对父亲的责怪。

克莱米让桑德拉从侧门进屋。"我敢打赌,桑德拉,你希望阿拉斯加能有这样的天气吧。在那里你的屁股不会被冻僵吧?"

"你会习惯的。"桑德拉用手指从厨房台子上一罐温热的草莓蜜饯里挑了一点,拧紧盖子时,盖子"啪"的一声鼓了起来。"我喜欢雪。"她说。

"3月2号这里也下雪了,"克莱米说,"把桃子都冻死了。"

"你觉得爸爸过得还好吗,克莱米姑妈?"桑德拉一边问,一边心不在焉地拍着那只傲慢的波斯猫,猫的呼吸有点困难。

"哦,亲爱的,我不知道。医生说他脖子上的动脉堵住了,这可不是个好兆头。但自从你回来后,他好多了!我看到他脸上又有了我几个月都没见到过的好气色了。你决定回来真的让他很开心。"

"我不知道我该做什么。"她们走进客厅时桑德拉说。她在一把铺着小垫子的安乐椅上坐了下来。

克莱米说:"克劳德住院后,你弟就没有来过。不过他工作得很辛苦,他有个家。"

姑妈的语气里带有辩解的成分——肯特可以被原谅,因为他有责任;桑德拉没有责任,因为她去阿拉斯加是自愿的,而且没有和住在一起的男人结婚。

"你爸爸真的太不寻常了。"克莱米说，邀请猫咪上到她腿上，"一个人抚养你和肯特，还要操持那些生意。"她笑了，"过去我们经常取笑他，说人们来向遗体告别，然后在出门途中选购用餐的桌椅。我们会说：'吃饱了再去死。'"猫钦佩地看着克莱米，好像她是在给它讲故事。克莱米继续说道："克劳德和你们这些孩子有些芥蒂。哦，你和他有争执，他拿你没办法。他为你成为现在的样子责怪自己。"

"什么样子？"桑德拉火爆地说道。猫瞪眼看她。

"这个嘛，你离婚了，在四处游荡。他担心你在那边的生活。他怕你冻死或被熊吃掉。"

"他从来没有说起过。"

"克劳德从来不感情外露。不过他原谅你了。"

"原谅我？"

"不要把什么事情都怪到他头上，桑德拉。"克莱米柔声柔气地说，"现在的人都喜欢这样。"

桑德拉把头靠在一张钩织的垫子上，听着姑妈在那儿喋喋不休。她想象自己是一具尸体，她的头枕在缎面枕头上，脸被蕾丝框住。如果她留在库克，她会一直沉下去，直到失去所有感觉，就像躺在剥夺感官的箱子里的人一样。

克莱米就中风一事打来电话时，她恳求桑德拉回家。她说："他总说他不需要别人，但自从你们这些孩子离开后，他就一直很寂寞。你可能都不记得你母亲去世前他是个多么风趣的人了，你们还那么小，但失去她让他陷入了困境。"

桑德拉确实记得。她记得小时候父亲为她和肯特在阳台上支了一个圆锥形帐篷的夜晚。帐篷是用一个褪色的葬礼顶篷改成的。他们在帐篷里露营时，她父亲会在夜间发出猫头鹰和鬼魂的叫声来吓唬他们。她记得晚上他们在阳台上搅拌冰激凌，他取笑她母亲，顽皮地捏她的屁股。桑德拉的妈妈每周五早晨都在梅贝尔美容院做头发，让周末的自己好看一点。克劳德照例会拿她的发型开玩笑。"萨莉，你睡觉时没注意头发吧？看起来偏到一边了啊。松鼠进过你的头发吗？"当她穿好衣服化好妆，涂上鲜红的口红后，他会说："你的嘴看着像鸡屁股。"那时，阳台是他们生活的中心。阳台似乎把他们悬在了空中——远离拥挤的家具，远离黑暗大厅里的尸体。就好像他们在乘坐热气球。他们在阳台上观看雷暴雨。

两年前，当桑德拉乘坐的飞机在费尔班克斯[1]上方低空盘旋时，她首先注意到的是西夫韦超市明亮的霓虹灯店标。桑德拉曾向自己保证会在阿拉斯加待满两年，她做到了。她在那儿待的时间比她结婚的时间还要长，比她任何一段学习或工作持续的时间

---

1 费尔班克斯（Fairbanks）：美国阿拉斯加州的第二大城市，位于阿拉斯加中央东部，塔纳诺河支流切纳河河畔。

都要长。她偶尔给父亲写张明信片，报道熊和驼鹿的消息，并直截了当地提及那里的寒冷和荒凉。她去阿拉斯加时只带了一个行李袋，里面是她十年里搬来搬去剩下的所有物件。在那段流浪生涯中，她唯一的遗憾是失去了离婚后她在列克星敦收养的狗。当时她在就业服务机构工作，住在麦克斯韦街一栋翻新的旧房屋的地下室公寓房里。后来她意识到，她的宠物狗拥有雪橇犬的精力和耐力。它的皮毛又厚又有光泽，冬天它喜欢待在室外，即便它喝水的盘子已经冻住了。发现狗死了之后，兽医告诉她狗是被毒死的。它四肢伸展侧躺在地下室的入口处，好像一直在试图进到家里，狗尾巴的下方有一摊血。

汤姆·吉拉尔多饲养雪橇犬，但桑德拉从未对它们产生过感情。她原以为雪橇犬会很漂亮，但汤姆的狗大多数都是瘦骨嶙峋的混种犬，而不是哈士奇或阿拉斯加雪橇犬。他说："人们用各种跑得快的狗。他们用猎犬、牧羊犬。我听说有人甚至用苏格兰猎鹿犬。还有一个家伙试图让哈士奇与土狼杂交。"汤姆的狗窝在与一个小棚子相邻的围场里面，棚子的壁板上挂着汤姆的旧萨克斯管和小号。桑德拉几乎期待着一场自发的音乐会，伴随着狗的嚎叫声。有一次，她和汤姆划独木舟，经过岸边的一群雪橇犬。狗在它们的屋顶上齐声嚎叫。当时接近午夜，初夏的阳光柔和温暖。

桑德拉和汤姆住在费尔班克斯附近的一栋木头房子里，在一座小山朝南的山坡上,从那儿可以看到切纳河。晴朗的日子里,他们可以看到阿拉斯加山脉参差不齐的山脊,山峦像冻干的云彩一样卷曲起来。她在汤姆服务的政府机构找到一份坐办公室的工作。严冬里,他们凌晨三点起床预热汽车。她搬来和他住的时候,他半开玩笑地说:"我已经看到你搬出去的那一天了。这样的环境下你会坚持多久?"

"我有可能坚持得比你想的要长。"她倔强地说。

"不可能。我看得出来。你是南方人。你的血太稀了。"他似乎有点伤心。

他在阿拉斯加待了很久,足以精确地知道什么温度下汽车的发动机会被冻住,什么天气该穿多少层衣服。他知道怎样晒干鲑鱼,怎样修理独木舟。他建造了外屋和阳光房,可以在那里种做沙拉的绿叶菜。他来阿拉斯加从事管道工作并留了下来,因为他爱上了边远地区的生活方式——如果靠必需品维持的生活可以算作一种生活方式的话,这也是他们争论的焦点。她认为就像她看重变化一样,他把艰苦浪漫化了。狗队并非必需,他养的狗超过了拉一只雪橇所需的数量。狗群像一支正在打球的篮球队一样充满活力。夜里,桑德拉发现它们的嚎叫是令人欣慰的音乐。冬天,她周围的黑暗变得越来越密集,仿佛把她与美国的其他地方隔绝了,她被困在了一小块大陆的角上。在第一个漫长而黑暗的冬季,桑德拉失去了时间感。凌晨四点和下午四点似乎一样。等到她待久了，她了解到光明与黑暗之间并没有纯粹的界限。天总是变得更明亮或更黑暗，就像月亮缓慢移过每一个月相一样。

桑德拉得知父亲中风后，汤姆鼓励她回去照顾他，并坚持要她这么做，这让她觉得他在把她往外推，就好像求她去和另一个男人约会一样。

"你要是不回去，你会后悔一辈子的。"他说，"你必须和他一起把问题解决了。"

"什么意思？"

"你责备他对你妈妈做的事情。"

"她得了肾脏病。又不是他传给她的。"

"我不是那个意思。"

"他从来没有告诉过我有多严重。"她说，"他不让我去医院看她。我不知道她会死。"

"所以现在你不相信男人了。"

"我不相信你吗？"

"不相信。"他说，"如果你相信我，你会说你爱我。你从来不说你爱我。"

那年冬天晚些时候，有一天汤姆一大早就出发了，去通往尼纳纳[1]的小路上遛狗。直到太阳升起又落下了才回到家。尽管知道

1　尼纳纳（Nenana）：美国阿拉斯加州的一个城市，在费尔班克斯西南边。

汤姆应对寒冷有着毫不含糊的规矩,她还是担心了。他总是带上修理雪橇的工具、适合在冰上行走的胶鞋和露营装备,甚至还有一个针线包和给狗穿的额外的塑料靴。天越来越黑了,她往炉子里塞进更多的木头,她以为听到了狗的叫声,但那只是风声。终于,在月光下,她看到了跑过来的狗,狗的影子在雪地上欢腾跳跃。汤姆还因这趟遛狗兴奋不已,他开始按照惯例用炉子加热狗粮。他的脸颊在燃烧,冰晶覆盖着他的胡须。看着外面仍在活蹦乱跳的狗,她觉得自己很傻。她想知道她的焦虑是否只是一种幽闭症,是她渴望去另一个地方的表现。第二天早上,新下的雪把狗窝盖住了。狗用雪做毯子。它们打洞,通过小气孔呼吸。

五月底她离开这里回肯塔基时,汤姆开车送她去机场。路上,他们看到一支滑雪队,他们踏着轮式短滑板,在高速公路上疾驰而过。城里,当夏日的漫长白昼来临时,孩子们踏着滑板在街道上蜿蜒穿行。汤姆夏天改用三轮车遛狗。登机前,桑德拉告诉他说:"我不知道我什么时候会回来。"她知道他认为她根本不会回来了。然而她并不知道自己能在家里待多久。

在阿拉斯加,她见过一条与她过去的宠物狗长得惊人相似的狗——面部斑点的分布和颜色都一样,害羞且讨人喜欢的表情也相同。它待在一个小定居点的围栏里,那里大部分的院落里都散落着边远地区生活的破烂遗留物——油桶、生锈的冰箱、雪地摩托车的残骸。那家小邮局的门廊上正在进行清仓拍卖。她想过买下那条狗，但她认为新买一条和原来非常像的狗大错特错。这将是不公平的。

他们坐在夜色下的阳台上，她试图给父亲讲讲她在阿拉斯加的生活，搜肠刮肚地找些词来形容山的高度、雪的耀眼光芒、野花绚丽的色彩和蚊子的个头有多大。她意识到自己夸大了所有的东西。似乎没有切实可行的方式来描述蚊子——和蜻蜓差不多大，她说，几乎和她在库克镇郊外骑自行车时看到的遥控玩具飞机一样大。她曾不自觉地抬头寻找一架丛林飞机，并在那一瞬间想象自己坐在河边喝啤酒，水上飞机降落在切纳河上，蚊子则像友好的游客一样绕着她的头嗡嗡作响。现在她意识到自己之所以对父亲夸大其词，部分原因是她记不得了。平凡与奇妙在她的脑海中并没有一条明确的界线。

一天晚上，她试图向她父亲描述北极光。夜晚的空气湿漉漉的，远处闪烁着连成片的闪电。"极光就像霓虹灯，原理是一样的。"她说。词不达意。她想到了脉动的色彩和从空中散落下来的绚丽光芒，有时极光被描述成一条在空中起伏的中国龙。她说："特林吉特印第安人说那种光是死人的灵魂在舞蹈——快乐的灵魂。另外一些人则认为那是鬼魂在用海象的头骨踢着玩。"

"真希望我看到过那个。"他轻声说，"我就没去过几个地方，要料理两份生意。"

桑德拉很生气，因为他说得就像他的生命要到头了。她说："你可以去阿拉斯加啊。你还没有老。你和死人打了太久的交道，已经影响到你了。"她等着一辆摩托车骑过去。"你可以来看我啊。"她说。

第二天，桑德拉开着她父亲的车去县城图书馆寻找北极光照片。她找到一本旅游书，里面有几张照片。照片上的北极光与她向父亲描述的完全不一样。虽然这些照片没么精彩，但她意识到这些极光比她记忆中的还要壮观——它们覆盖的空间之广袤、隐含的微光和颤动、颜色的深度，比她所能领悟的还要惊人。她认为有时候视觉和声音是那么的不真实——就像某个人死亡的消息——无法被记住或相信。她夸大了蚊子，对极光的描述却不够多。她想起了他们第一次一起看极光时她对汤姆说过的话，她说它们就像性高潮。后来，在一次性高潮中，色彩像帘子一样在她脑海中荡漾开来。第二天她告诉汤姆这个时，他说："这就像在字典中查找一个单词，它给你另一个你不知道的单词，当你查那个单词时，它让你回到第一个单词。"

她想如果她把照片给她父亲看，他是不会相信的。他不会相信自己的女儿经历过如此美妙的事情。"你得亲自在那儿。"她必须这样跟他说。

父亲的身体一天天好起来了，桑德拉留在了库克镇。她不知道自己想要做什么。她觉得她在考验自己，重温旧日的记忆和恐惧——住在殡仪馆楼上那种令人毛骨悚然的感觉。现在殡仪馆的门已经锁上了，她可以想象所有死者的鬼魂都被困在了里面。在她的睡梦中，这些鬼魂在她下方的洞穴中敲打、抓爬、吹口哨。

克莱米每天都过来，有时会从杂货店带来录像带。她为他们做饭——炸鸡、火腿和草莓蛋糕。桑德拉的父亲跌跌撞撞地走着，像挥舞宝剑似的挥舞他的手杖，诅咒着生命。他看上去几乎已经复原了。

"我不知道什么时候会回来。"桑德拉给汤姆写信，"代我向布鲁贝克、科尔特兰、书包嘴、塞隆尼斯、糊涂虫、比利、马利根、迈尔斯和肥猪转达我的爱。你可能不相信，但我爱你。"

寄出这封信的第二天，她收到了汤姆的一封信。他写了与狗、天气和拜访后院溪流的驼鹿有关的新闻。他在夏日明亮的夜晚做着一份额外的建筑工作，忙得只能给她潦草地写上几笔。他现在也没有时间遛狗了，那些狗越来越绝望——嚎叫并试图挣脱束缚。他正在考虑放弃它们。桑德拉能够感觉到狗在逃跑，从她身边跑开，越跑越快。

桑德拉和她父亲在吃午饭。她一直在家具店帮忙，上楼做了一些金枪鱼沙拉。她父亲说："等我走了以后，你和肯特就可以争夺那份生意了。"

"你要去哪儿？"

"我想我会把殡仪馆永久关掉。反正我们每个月的葬礼都不会超过两次，现在他们想要更高级的东西，或者想火化掉。"他戳中一颗樱桃番茄——老练得就像汤姆刺中一条鱼一样，桑德拉想。他接着说道："我总想让它像家一样舒适，这样人们就不会有格格不入的感觉。把它改造成公寓不会很难。"

"谁会想要住在那里？"桑德拉说。

"如果你把所有的设备都搬走，扔掉一些令人毛骨悚然的陈旧雕饰和灯具，你可以拥有一间相当大的公寓房。"

出乎桑德拉的意料，她父亲抽泣起来——一阵短促的情感爆发。试探性地，她碰了碰他的肩膀。他直起身子，清了清嗓子。

他说："有样东西我想让你拥有——你曾曾曾祖父的旧家具。"

"缝纫间的那些旧椅子？"

"地下室里还有一些。等我好了我会把它们搬出来。等你知道要去哪里了，我想让你拥有它们。"他推开面前的盘子。

"我很小的时候它们是放在餐厅里的，"她说，"我已经很多年没有想到过这些家具了。"

"你母亲把楼上改造成丹麦现代风格后，我就把它们收起来了。你的曾曾曾祖父制作了那些家具——托马斯·麦凯恩。"

"这门生意的创始者？"桑德拉对如此遥远的过去只有模糊的概念。

她父亲点点头。"托马斯·麦凯恩是位木匠,在过去,木匠花大量的时间做棺材。所以他始创了这两门生意。"

"他是哪儿的人?"桑德拉问道,突然好奇起来。

"大约1850年,他从北卡罗来纳州来到这里。"她父亲一边说,一边伸手去拿他的手杖,"他埋葬了四个妻子和四个孩子。他亲手制作了他们的棺材,做得特别好,人们开始找他做棺材。"

"那时候人死得真够早啊。"桑德拉说,打了个激灵。

"后来,人们希望死后把尸体打理好了供人瞻仰。他儿子约翰·麦凯恩1889年打出了他自己的招牌——家具木工和丧事承办。"

桑德拉的父亲停下来思考,仿佛他真能记得很久以前的事情。"托马斯·麦凯恩有十四个孩子,他前四个妻子都死于分娩。但他并没有停下来——继续寻找新的年轻妻子来照顾那些婴孩。"她父亲笑了,"我打理死者时,总会想起托马斯·麦凯恩。他一直在幕后,给我提建议。"

桑德拉开始在家具店里无目的地闲逛。这个地方需要一些新思路,她想。

"天哪,爸爸,楼下的一些家具看起来就像是地狱里的家具!"她在人行道上对他大喊大叫,他正在阳台上读一本殡仪馆日记,"只有信撒旦的人才会买。"

他没有再提他想送给她的家具。不知道该拿这一堆破旧家具做什么,她让这个话题悄无声息地消失了。她不想对它们负责。桑德拉重新布置了店里的家具,对桌子、灯具和沙发做了重新组合。她用长毛绒双人沙发取代了橱窗里那套俗气的餐桌椅。小时候她曾和她的洋娃娃在笨拙的家具中做游戏,现在她又在那儿做起了游戏。她想这正是她一生中一直在做的事情——做游戏。在阿拉斯加,汤姆的小木屋就像一间儿童游戏室。她和汤姆在那里玩拼字游戏、拼图、制作鲑鱼乳蛋饼、生火堆,以此来消磨时间。她想念阿拉斯加。在她的记忆里那儿很温暖。

克莱米和他们一起坐在阳台上,她为一个孙儿围上围裙。天还不太黑。参加垒球比赛的少年们从下面经过,互相推搡,尖声说着粗俗的脏话。骑自行车的孩子们在街上赛车,赤着脚的孩子们踮着脚尖穿过殡仪馆前的草地。

"明天是一年中白天最长的一天。"克莱米说。

"在阿拉斯加太阳会照耀一整夜。"桑德拉说。

她父亲拍死一只虫子。他和克莱米对阿拉斯加一点也不好奇,桑德拉很生气。她觉得自己又回到了十二岁。

"阿拉斯加总有事情在发生,"她平静地说,"难以置信的事情。"

克莱米说:"一年中白天最长的一天来得总比我预计的要早。我从来没有准备好。"她笑了起来,"天黑得那么晚,我没有按时回屋里看我的电视剧。不过反正都是些重播。"

电话铃响了,桑德拉冲进屋里接听。

"我需要安排一个葬礼。"一位女士说。

"对不起,殡仪馆现在停业了。"

"是这样的,克劳德和我说过,等我丈夫去世了,他会安排他的后事的。他得了癌症,一个小时前走的。"

"对不起,"桑德拉说,"不过我父亲一直在生病。这个地方关掉了。"

"我知道。克劳德能来接电话吗?我是巴德·约翰逊太太。"

桑德拉认出了这个名字。巴德·约翰逊是她父亲的老朋友。她转达了这条信息。"我应该跟她怎么说?"

"哦,天哪。"克劳德说,挣扎着从椅子上站起来,"告诉黛西,我会把他弄到这儿来。我答应过。"

"爸,你干不了这个了。"

"哦,我干得了。我有很多帮手。"他朝她和克莱米点点头。

他抓起电话,安抚了约翰逊太太几句。挂掉电话后,他在厨房里跺着脚,用手杖奋力击打着空气。"克莱米,让约翰过来把灵车开出来,可能需要加点汽油和机油了。"

约翰是他的助手,平时从事保险生意,从桑德拉记事起,他就一直在殡仪馆兼职。

"克劳德,你确定你能行?"克莱米问道。

"如果你俩能把这个地方准备好了,约翰和我就干得了。"他说,眼睛看着桑德拉。

那天晚上，她和姑姑打开了殡仪馆那一侧的门窗通风。她们插上大排风扇，吹出污浊的空气——粉末、死花和香料滞留的甜味。多年来桑德拉一直在回避殡仪馆，但她还是很熟悉那股气味。她打了个寒战，肺部收紧。克莱米从杂物间里拖出工业吸尘器。

克莱米打开一盏枝形吊灯，说："听我说，桑德拉，不会太难，我们稍微打扫一下，明天再把一些杂事处理了，这样你爸爸就不用做什么了。"

"爸爸似乎不怎么悲伤。"桑德拉说。她意识到自己的手在颤抖。

"悲伤？"

"巴德·约翰逊是他的朋友。"

克莱米笑了。"小时候他们经常在干草棚里玩耍，抓着摆动的绳子飞身落进干草堆里。那些男孩子会为彼此做任何事情。"她按下开关，吸尘器呼啸着滚过前厅的地毯。

桑德拉还记得巴德·约翰逊和她父亲一起打垒球，他们参加了肯塔基湖人队，一个当地的球队。母亲去世后，巴德成天待在这儿，葬礼那天他带来了冰激凌。桑德拉还记得是巧克力片冰激凌。然而她却想不起她母亲的声音了。

殡仪馆是个迷宫——分散在各处的房间里布置着逐年累积起来的来自家具店的家具——深色的棉绒和锦缎，画着浪漫场景的昏暗的台灯罩，早期美国风格的桌子。这个地方看起来很破旧，但却奇怪地给人一种家的感觉。桑德拉记得她母亲躺在大厅里，头枕在一个蓝色的缎子枕头上，她的头发看起来比以往任何时候都要好看，她的嘴唇鲜艳闪亮，几乎是鲜活的。她的眼睛却一反常态地蒙上了一层阴影，脸上搽了厚厚的胭脂。那时桑德拉已见过太多的死人，她几乎没有想过他们，但当自己的母亲躺在那里时，她感到了一种深深的背叛，仿佛她父亲之所以一直在准备那些尸体，是预计到有一天会在那里展示她母亲，发型完美到无法再被人取笑。她发誓永远不会原谅他。

克莱米吸尘的时候，桑德拉朝几间关着门的房间偷瞟了几眼。她走进那间放着冰冷的金属桌子的房间，桌子像升降机一样被摇起来了。有一次，她和肯特在那张桌子上玩医生护士游戏，直到父亲抓住了他们。此刻他正在那里清理水槽。

"巴德前列腺出问题已经七年了，最终还是没能逃脱。"克劳德一边挤海绵一边说道。

这时灵车到了，有人把他朋友的尸体放进了冷藏室——过去家里曾不加掩饰地称之为"放肉的柜子"。克劳德打开了制冷设备，房间已经冷却下来。

桑德拉没有睡觉。凌晨时分，她听到一辆车开到门口，然后是楼下敲门的声音。她听到父亲在和别人说话。她想起了很多个送人来的夜晚。她想起了安静的灵车。她想起了父亲彻夜不眠，在关着门的房间里偷偷地工作。他工作的时候，禁止她进入后面的房间，他总是警告她和肯特远离房子后面的垃圾箱。多年来，她一直在做与母亲冰冷、漂白了的身体有关的噩梦。一次又一次，桑德拉梦见她母亲还在楼下，在房间里徘徊，像一名囚徒。现在她害怕睡着了。

早晨，鲜花开始送达，克莱米和桑德拉忙着掸尘，排列椅子和花瓶。桑德拉很安静。她想，失眠的后果与悲伤相似。克劳德和约翰已经完成了遗体的准备工作，几个人将棺材搬进了前厅。

"好帅气的魔鬼！"克劳德穿着深色西装出现时克莱米说道，"克劳德，配上那根手杖，你看起来就像个表演杂耍的。"

"我甚至都不需要它了，"克劳德笑着说，"只是用它来作秀而已。"他的脚步坚定，声音更洪亮了。他消失在一间密室里。

一个男孩带来街头花店的一个花篮。更多的鲜花——必不可少的剑兰和菊花——来自另一个镇子。

"我讨厌这些。"桑德拉对克莱米说。

克莱米拂开桑德拉额头上的一缕头发。"我知道，亲爱的。"她说。

桑德拉快步向前。"一直让我恼怒的是人们来到殡仪馆，总是表现得好像这是一个聚会，一个社交场合。他们总是有说有笑。"

"听我说，桑德拉。人们总得做点什么吧，"克莱米说，"他们总不能拉长了脸走来走去吧。"

"他们说的话不合时宜。他们聊八卦，讲笑话。"桑德拉很激动，她头昏脑涨，她可能会脱口说出任何东西。

当年她死去的母亲躺在这间大厅里时，桑德拉看到她父亲在角落里和巴德·约翰逊聊天。她母亲躺在棺材里，克劳德微笑着站在那里，和巴德交换着钓鱼的故事。现在桑德拉把此事告诉了克莱米。"我清楚地记得他们说的话。巴德说：'我在那个池塘里钓到四十条鲈鱼，我都不知道那个池塘里有鲈鱼。'爸爸说：'那是全部的吧？'他笑了起来。他们就这样继续聊着。我记得！"她心不在焉地扯着头发。"葬礼上没有一件事情是恰当的。"她说。

"听我说，宝贝。"克莱米说，用她肥胖的胳膊搂住桑德拉，"人们又该说些什么呢，桑迪？你想让他们说什么？"

克莱米像羽绒睡袋一样包裹着她。桑德拉挣脱出来。

"我才不在乎他们说什么呢。他们就是那样的人。他怎么能做那样的事情？他怎么能——他怎么能亲自处理她？怎么会有人对别人做出那种事情？"桑德拉可能一直在哭泣。她不确定。

"赶紧忘掉你脑子里的那个想法。"克莱米厉声说道，"他没有对她的身体做过任何与爱无关的事情。她的头发是梅贝尔·考克斯做的，是我帮她穿的衣服。他从霍普韦尔请来罗伊·希克斯做的那项工作。"

"他那么做了？"桑德拉扶住面前的一扇门，"我不知道这回事。"

"我们告诉过你,不过我估计你忘记了。你这是干吗啊,你知道克劳德不会那样对待萨莉的。他不可能那样。"

"我一直以为是他做的。"

克莱米再次拥抱了她,这次桑德拉没有挣扎。克莱米说:"为什么啊,桑德拉,我们不知道你会为此烦恼。"她停了下来,推开桑德拉,凝视着她的脸。她的手牢牢地抓住桑德拉的肩膀。她说:"但你永远不知道困扰孩子的会是什么。"

桑德拉说:"我不知道她会死。除了有两次,爸爸甚至都不带我去医院。"

"好了好了,没有人知道她会死。"克莱米说,擦去桑德拉脸颊上的泪水,"而且,你说去医院看到那些病人让你沮丧。你还是个小孩子。而且你很忙。你参加了旋转接力棒[1]比赛,你还不懂事。"

"旋转接力棒?"桑德拉说,"我旋转接力棒?"

下午,巴德·约翰逊的朋友们聚集在了殡仪馆,桑德拉去了楼上一个黑暗的角落,过去她经常躲在那儿。从前她无法完全摆脱那些笑声;现在她有一个小收音机和耳机。她蜷缩在一堆发霉的旧垫子里,试着看书,听着一种听起来像是卡住的唱片的新纪

---

1 旋转接力棒(twirling):一项将金属棒用手和身体按协调的程序进行操纵的运动。

元音乐[1]。这个大学电台自称"有收听障碍的电台"。她强迫自己把注意力集中在那些毫无意义的声音上,直到头脑里回荡起明亮雪地上兴奋奔跑的雪橇犬的叫声,她睡着了。最终,克莱米找到了她。

"我没事。"桑德拉说,跌跌撞撞地来到有亮光的地方。

"那就好,宝贝,我只是想知道你在哪儿。"克莱米说,"我给你留了一点鸡肉和焙南瓜。"

桑德拉蹑手蹑脚地走下铺着地毯的楼梯,走进殡仪馆的大厅。大厅里除了那具棺材外,什么都没有。棺材的盖子已经盖上。桑德拉听见父亲在他的办公室里打电话。"听我说,黛西,"他在说,"我太了解巴德了,他可不想接着那些管子活下去。"

他出来时桑德拉说:"嗨,我在楼上睡着了。"

他笑了。"这么吵闹你还睡得着。该死的电话响个不停,"他松开拳头又合拢,"又要干什么?"电话铃又响了。跟在桑德拉身后的克莱米赶紧跑过去接电话。

"你还好吧,爸?"桑德拉一边扶正挂在墙上的耶稣年轻时的雕像,一边问道。雕像是用石膏做的,上面散落着一些光点。

"这是一样我要扔掉的东西。"他说,"愚蠢的东西。"他咧嘴

---

1 新纪元音乐(New Age music):介于电子音乐和古典音乐之间的新的音乐样式,是20世纪70年代出现的一种音乐形式,其形式丰富多彩且富于变化。

一笑,朝她走过来,"我不会把它留下来让你继承的。"

"我才不要呢。"桑德拉说。

"我不想让你拥有它。"他说。他挂着拐杖,用另一只胳膊搂住她,抱紧了她。他在她耳边轻声责备道:"你从家里跑掉了,不想我们了。"

"我不是回来了吗?"她咕哝道,任由他抱住自己,比汤姆抱得还要紧。她开始哭泣。她知道她永远无法向他解释清楚自己,但现在似乎并不重要。宽容似乎更重要。她说:"爸,你为什么不给我看你想要我拥有的那些旧家具?"

他咧嘴一笑。"你怎么把它带回阿拉斯加?"

"不知道。联邦快递?"

"巴德的一些家人要从俄亥俄州的阿克伦赶过来。"克莱米说,挂断了电话。

第二天早晨,收到的邮件里有一封汤姆的信。他写道:"前几天晚上我们一伙人开车去了墨菲穹顶[1],经过了那个形状像阴茎的过时的远程早期预警系统的白色塔楼。野花都开了,羽扇豆和你的眼睛一样蓝。在山上我想起了上次我们俩来这儿,当时起风了,

---

[1] 墨菲穹顶(Murphy's Dome):阿拉斯加州著名的北极光观测点,在费尔班克斯西北20英里处。

我们差点儿失温。我们光着身子到处乱跑,我意识到我不应该指责你的南方血统。"

她没来得及读完汤姆的信——她的父亲出现了,准备带她去看放在地下室的家具。昨天他太累了。她跟着他穿过大厅,这时黛西·约翰逊和一大群亲戚来到了大门口。

黛西说:"克劳德看起来很精神啊,桑德拉。我不知道那天晚上接电话的是你。我没想到会在家里见到你。"

"你以为我永远不会回来了?"

黛西微笑着说:"桑德拉,如果你有丈夫的话,就可以从你爸爸手里接过这门生意,让他休息一下了。"

桑德拉僵在了那里,但没说什么。

"我想这次之后我会把殡仪馆永远关掉,黛西。"克劳德说,"这样的小地方不够时髦了,不适合当下大多数人。他们中有些人想要火化。"

黛西会意地点点头。"巴德住在佛罗里达州的嫂子情况不太好,说她想被烧了倒进大海里。我告诉巴德,如果他们没有尸体,我是不会跑到佛罗里达参加葬礼的。"

"问题就出在这儿,黛西。"克劳德说,"人们不再愿意照章办事了。我和桑迪说了她的曾曾曾祖父。那是个照规矩做事的人——因为他是个木匠。如果你是一个好木匠,你就倾向于把事情做对了,你不觉得是这样吗?"

"爸爸威胁说要给我一些传了三四代的旧家具。"桑德拉解释道。

克劳德对桑德拉说:"我现在就给你看那些家具。来吧,黛西。你会欣赏它们的。"

"在哪儿?"黛西问。她是个小个头的女人,看上去不怎么强壮。

"地下室。"

"你确定你能下楼梯吗,爸爸?"桑德拉问道。

"没问题。"他顽皮地转动了一下他的手杖。

"克劳德,如果你不介意的话,我还是留在这儿吧。"黛西说,"那样对巴德不尊重。"

"好吧,要是你这么认为的话。"克劳德说。

"这儿,抓住我的胳膊。"桑德拉对她父亲说。

"你让他好了很多,桑德拉。"黛西说,"我知道他很想念你。"

桑德拉扶着父亲下楼梯,他的手杖发出咔嗒咔嗒的声音。葬礼激发出了他最好的一面,她想——她立刻感到羞愧。在她的脑海中,一群食腐鸟在阿拉斯加的一只死狼的上方盘旋。

地下室里,克劳德打开灯。他让桑德拉把一些盒子和相框移到一边。家具摆放在一个角落里,布置得就像原来都配备好的。一张配了梯式靠背椅的餐桌,一个餐具柜,一个放碗盘的柜子,一个脸盆架,一把摇椅,一个嫁妆箱。桑德拉原以为会看到一个小孩子的棺材，但没有。家具的现代简约让她感到惊讶，与圣丹斯目录中的东西类似，很漂亮。为了她，她父亲一定费了一番功夫把它们在那里摆放好。现在她看出来他已经对它们做了修复。家具的表面光滑，木头上了油，干净得一尘不染。这些家具经过了精心的翻新，被仔细摆放整齐。

"你什么时候做的这件事，爸爸？"

"哦，断断续续有几年了。我需要做点什么。你母亲一直想让我把它们修好了。"他走向楼梯，然后转向她，"我从来没有忘记你母亲，"他说，"她去世后，我就像是消失了很多年。我觉得不再有人懂我了。"

桑德拉惊呆了。她不知道该说什么，不过任由他再次拥抱自己。随后他转身离开了。他上楼梯时，她留在了地下室。黛西在和他打招呼。桑德拉研究起这些家具，试图想象为什么进入晚年的父亲接受了托马斯·麦凯恩的召唤，就好像他的祖先真的在召唤他一样。人的一生中是否会有这么一个阶段，他的先人突然坚持要得到认可？她想象父亲和托马斯·麦凯恩奇怪地交谈着，说的是行话，她想。这些家具很可爱，经历了时间和使用的磨损。

她能看到站在楼梯顶端的父亲，他正在和黛西聊天。黛西穿着一件有点可笑的粉红色长裤套装。她在微笑。也许他们在为旧时光微笑，巴德说过的一些有趣的话。桑德拉能够想象黛西和克劳德成为恋人。她记得父亲说过的托马斯·麦凯恩和他所有妻子的故事，他更换因分娩而去世的妻子有多迅速。她想象老托马斯从葬礼直接跳进急迫的求婚环节。但母亲去世后，父亲并没有那么做。他忠于她的亡灵。桑德拉本人并不觉得有尊重传统和连续性的必要。她偏离了自己的历史。在她看来，生活突然变得如此奇怪——在最糟糕的时刻，出于必要，人们以惊人的热情继续生活着。这就是一次大胆冒险所需的耐力，雪地里的一次跋涉。

她听到一辆汽车碾压房屋后面停车场上碎石子的嘎吱声。

她父亲说："来这儿一下，桑迪。人都到了，瞻仰就要开始了。我需要你帮我把盖子揭开。"

窗灯

　　我对现下的世道极不满意,所以想休息上一阵。大步向前收集战利品让人厌倦。很多有同感的人就只带着他们的枪待在家里。我和我微薄的娱乐活动留在了这儿,等待空气变清新。

　　过去去外地出差,西服袋和公文包像小跟班似的簇拥着我。最后一次乘坐飞机,飞机在跑道上停了很久。飞行员通过广播为延误道歉,称由于联邦政府空交管制资金不足,我们错过了起飞窗口。我盯着座位旁的窗户发愣。我注意到窗户里有几根貌似狗毛的东西,夹在两片密封的椭圆形塑料片之间。飞行员宣布我们不得不再等十三分钟,才能进入下一个起飞窗口。在我的脑海中，我能想象我的小女儿正在衡量何时跃入在她面前甩动的跳绳。

闲在家里的这些日子里，每次朝窗外观望，我都能察觉到最微小的变化——站在栅栏上的一只小鸟，落在邻居鱼塘里的几片树叶，悬铃木树上掉下来的一根树枝。我注意到透过窗户的光线的新的颜色和形状。我奶奶称窗户玻璃为"窗灯"，那是非常恰当的，因为她那个年代的主要光源来自窗户。直到天黑得什么都看不见了，她不得不摸索着走动时，奶奶才会打开厨房里的电灯。

我记得她独居的最后几年。我定期去田纳西州看望她，她搬进了她在那儿长大的房子。那原来是一栋拓荒者风格的木结构房屋，门廊的上方有一个顶棚，房子中间有一条带顶的通道。房子两端各有一个烟囱。我的伯父朗和他妻子在那里住了很长时间。朗是奶奶的大儿子。朗和贝茜在木板墙的外面砌了一层砖，然后把通道堵死了。他们给房子添了一个侧翼和许多奶奶不喜欢的东西。奶奶搬回来后，她关闭了新添加的带客厅和落地窗的那部分。朗在宗教出版业大获成功后，他和贝茜在纳什维尔买了一栋带白色柱子的砖结构豪宅。一天晚上，朗喝醉了，他的车撞上了一辆载着高中摔跤手的面包车。他没有受伤，但看到散落在公路隔离带上受伤的孩子，他回到车里开枪自杀了。

奶奶讨厌落地窗。"我不习惯那个。"她说。倒不是因为怕别人朝里面看，尽管那时房子周围已悄悄冒出一个新住宅区。她不喜欢看到别人的房子和汽车。她待在后面的房间里，一个为自己做的窝，一块印着花卉的地毯已磨出了一道踏痕。我去看她的时候，注意到她的那个小角落有其独特的气味。那是一种由猪油、旧鞋子、咖啡、变味的玉米面包和岁月混合成的酸腐味。每天早晨，她从收音机的地方新闻里了解死讯、天气和车祸。朗在圣诞节送过她一台警用收音机，她却不愿意用。"这不太好。"她说，"你应该从常规的广播里听到这些，而不是像窃听贼那样。"她也不愿意用电话。朗和贝茜坚持让她装一部，以备不时之需。有一次，她因髋部骨折在地板上躺了两天。她本可以爬到电话机旁的，但她不愿意。"干吗，我就那样躺着，髋部就开始愈合了。"她后来在医院里告诉我。

有时候我想象自己正变成我的奶奶。最近我意识到依靠水和空气以及几罐廉价商店的罐头我就可以生活。我已经把体内的毒品排光了。我不再喝酒，连药也不吃了。我低调做人，观察，退避，离开四十个日夜，堕入洞穴，也许进入了灵魂的黑夜里——那些与杜撰的堕落有关的陈词滥调。我对它们都持有开放的态度。电视屏幕的光亮是我的向导。深夜我备好纸笔，记下特价优惠的免费电话号码。

宁静安详。猫儿礼貌地请求外出。它们带回新闻——一只老鼠、一些羽毛。世界以这样或那样的方式来到我的身边。

就在这时麦蒂冒了出来。那天她打来电话,她一个月前搬回了列克星敦。我还没见到她,尽管她答应安顿下来后我们谈一谈。她告诉了我她参加的被疏远妻子援助小组、她的技能重振计划、她在"行李乐土"商店的实习试用期。我仍然爱着麦蒂,当她打电话暗示希望结束分居时,我有点困惑。我觉得那也是我的希望——她和丽莎是我的全部——但我觉得不能让她轻易过关。

她问我有没有照顾好自己,不乱吃东西。

"我一天只花一块钱。"我告诉她。这并不全是真话。

"怎么可能?"她询问道,"一块钱你能买到什么?"

"你可以花四毛七买一罐玉米粥,如果把它和一罐酸渍菜混在一起,就能做出一顿像样的饭菜。"

"比尔,你想把自己饿死吗?"

"哦,改天我可能吃燕麦。"我说,"不是那种速食玩意儿——你只是在为包装和加工付钱。"

"你不能只吃燕麦。"

"为什么不能?"

"你就是懒得做饭。你拒绝和食品打交道,因为我不在那里为你做饭。"

"这是社会学。"我严肃地说道,"我正在做一个实验。"

"哦,算了吧。"

"我是一个孤立、未受污染的标本。我在研究电视对人类精神上的空白和匮乏的影响。"

"你在瞎编故事。"

"我每天写一条'今日感悟'。"我继续说道，伸手去拿我的日记本。我把话筒换到另一只耳朵上。"今天我写下的是：'如果你一个人不说话地待着，直到能听到自己在想什么，宇宙将向你打开。'"

"你尝试过心理咨询吗？我认识一个很好的——"

"我从电视上得到了很多建议。我静待事情发生。我待在家里，直到电视显像管里的某个人告诉我该干什么。大家不都是这么做的吗？打开电视，某个人说买这个，吃那个，别吃那个，看这个。这有什么好奇怪的？你觉得这样做奇怪吗？"

"我想我并不惊讶。"我能听见麦蒂的叹气声，最后一根稻草式的叹气。没法和她开玩笑。她总拿我的话当真。我以为她会看出我在努力淡化我的孤独——她试图让丽莎远离我这一事实。不过我估计我们彼此有很多不了解的地方。

"你有节俭的习惯。"她说，"你总是节省食物。你把饭店的小包饼干带回家。你保存果酱瓶和旅馆的肥皂。"

"麦蒂，最近我经常在想那些吃不饱饭的人。"

"但你不愁吃啊，是吧？你是不是对子女抚养费有意见？"

"不是。我在想那些没钱吃饭的人。前几天我磕坏了一颗牙。我决定不去管它。这让我意识到那些没钱修补牙齿的人。"

"真蠢。你会掉牙的。"

"牙总会掉的。过去的人常常四十岁就没牙了——如果他们能活那么久的话。我奶奶嘴里一颗牙也没有。"

"我在照顾我的牙齿,他们说由于我上颚的这块骨头,装假牙会有麻烦。他们说必须切掉那块骨头才能装假牙。你是怎么磕坏牙齿的?"

"爆米花。"我的舌头刮过那颗牙上的缺口。这么做在舌头上产生了一种令人满意的刮擦感,像砂纸。我对麦蒂说:"我可以用那颗牙齿锋利的边缘清洁我的舌头。你知道猫的舌头为什么长满倒刺吗?"

"我希望你没得坏血病。"麦蒂说,"你至少需要吃点抗氧化的药。"我能想象她波浪式的黑色长发,颧骨处微微凸起的圆形。这些凸起的圆形是她全身的主题。她美丽的肩头和乳房重复了她的脸颊。我爱她圆形凸起的部位。就连她膝盖的形状也恰到好处,非常漂亮。

"我想吻吻你的膝盖。"我说。

"我觉得你肯定是孤独了。"麦蒂说,"要是你同意的话我可以帮帮你。"

"帮我?你到底是什么意思?你要是真想帮我的话可以把丽莎带过来。她怎么样?她的牙齿怎么样?"

"丽莎很好。她的牙齿完美无缺。她一直在练单簧管。"

"她来这儿时不吹给我听。"

"你让她紧张。你老是缠着她,她注意力集中不起来。"

我还能说什么?至少我不酗酒了。这应该算是进步吧。

不去补牙这件事让我浮想联翩。我从来不介意看牙医。我一直喜欢笑气[1]。笑气会让我在树林里冒险。牙医的墙纸是一幅森林景观壁画。有一次,在补牙的时候,我是汉塞尔,带着我的妹妹格莱特勇敢地走进了森林。我们遇到小红帽向我们问路。她要去外婆家。我不小心把她送到了女巫的姜饼屋。[2]这个孩子其实是丽莎,穿着万圣节的服装。现在我明白了这一切的意义,但当时并没有。倒不是我对梦境有多大的信心。梦只不过是一些漂浮的东西,很放松,醒来后会忘掉其中的大部分,因为你的记忆感受器在睡眠状态是关闭的。这对我来说有点道理。在畅所欲言的争辩中,大脑中旋转着的印象、记忆和能力都释放出来了。这是达达[3]。我认为达达在对弗洛伊德嗤之以鼻。弗洛伊德属于维多利亚时代,对那

---

1 笑气(laughing gas):一种氧化剂,有轻微麻醉作用,并能致人发笑。其麻醉作用于1799年由英国化学家汉弗莱·戴维发现。

2 《汉塞尔和格莱特》(*Hansel and Gretel*)里的情节。

3 达达(Dada)是兴起于"一战"期间的艺术运动。它首先出现于瑞士的苏黎世,继而在纽约、巴黎、柏林、科隆等许多城市涌现。达达主义更多地表现为思想态度的共识,而不是统一的风格,在诗歌、音乐与绘画中都有表现。在达达主义者眼中,战争是一场疯狂的集体屠杀。他们认为,这场巨大的灾难与崇尚强权的理性主义思维逻辑有关,只有通过反理性的、无政府的策略和唤醒人们内心直觉的方式才能拯救社会。

些人来说所有的东西都必须有意义。后来出现了超现实主义者和达达主义者，把梦的符号置于头顶，狂笑不止。

就在我的梦开始合乎情理时，出现了点睛之笔，比如麦蒂的来电。

今天晨报报道了一对带着两个孩子、无家可归的夫妇。丈夫是个北方佬，但妻子是第六代肯塔基人，彻头彻尾的苏格兰血统。丈夫和其他几个人住在一个桥洞里，他们在生起的明火旁喝啤酒。他养过马，但后来失业了。她和她的两个孩子睡在收容所的单人床上。她送九岁的儿子上学。学校给了男孩一件外套和一些牛仔裤、衬衫和毛衣。他自己去商场挑选的。他在学校考试得 A，喜欢画画。母亲带着四岁的女孩在城里四处走动，直到社区中心排队领热午餐的时间。下午她们把男孩从学校接出来，然后去公园玩，直到该找地方吃晚饭了。她说她不愿意把孩子留在收留中心，和那些醉汉混在一起，所以她不停地走动。

我会迷失在报纸上的某个故事中，它开始变得真实起来，好像就发生在我眼前。但它当然是真实的。我希望我能娶这个不幸的女人并照顾那些孩子。

麦蒂过来看我时，我给她看了那个故事。

"要是在纽约，他们会住在铁栏杆后面。"麦蒂说，把报纸丢在我的破柳条垫子上，"他们在这里的待遇够好了。"

她面露不屑地打量着我的住处——我们曾经的住处。我承认我已经放弃整理了。她在上班途中,带了一些甜甜圈和咖啡过来。她看上去老了一些,眼神有点苛刻。她的脸颊陷了下去,头发剪得很短,像翅膀一样分在脸的两边。

"今晚过来和我一起吃饭吧。"我说,"我有一罐四季豆和一罐玉米粒。"

"不用了,谢谢。今晚不行。另外,我宁可去外面吃。我想吃些好吃的阿尔弗雷多意大利宽面。"

"豆子和玉米是营养食品中的王子和公主。无数墨西哥人以此为生。"

"我不是墨西哥人。"

"但你也不是意大利人啊。"

"我敢打赌你的猫吃得都比你好。"她说,看着我的懒洋洋的灰色双胞胎猫,齐皮和布布,"你没逼它们吃和你一样的伙食吧,有没有?"

"哦,没有,我让它们吃它们习惯的东西。反正它们天生节俭。猫不会从这个世界上拿走超出必要的东西。"

麦蒂笑得都快喘不过气来了。"比尔,你还是那么天真!那些被猫干掉的鸣禽又怎么解释?猫不需要以狩猎为生,所以说它们捕杀鸟只是为了好玩。它们知道依靠你就能吃上火鸡和内脏,花哨的鲷鱼晚餐或其他什么。"

不管她说得对不对，我都不会同意。"它们不是为了好玩而杀戮。这是练习。保持活力和身形矫健。那个鸣禽的故事漏洞百出。邻居家的一只猫干掉了一只红衣凤头，所有人都把世界上所有鸣禽的悲惨丧生怪罪到猫身上。这不公平。"我狼吞虎咽地吃着她带来的甜甜圈。太好吃了。"红衣凤头算鸣禽吗？"我问道。

她温柔地碰了一下我的胳膊。"比尔，我太忙了，没时间玩这种角色扮演，或你在做的其他什么。我跟你说过我室友离婚的事吗？她的臭鼬丈夫怎样作证说他有多重人格？他声称他是忠实的，而和那些女人约会的是他的一个名叫齐克的人格。你能相信这种鬼话吗？他说他有五种人格，但她告诉我她自己就能数出六到八种。"

对于这个话题，我没什么好说的。但麦蒂的室友在某种程度上起着丽莎家长的作用，这让我担心。我说："张开嘴。我想看看你说的那块骨头。"

"不行。别丢人现眼了。"

"我想浪漫一点。"

"现在不行，别闹了。"

"我不记得你嘴里有块那样的骨头。"

"那只是我的大脑在往下压。我脑子里装了太多的东西。"

她转身要走，我找到了她的外套。"见到你很开心，比尔。"她说，"我真的不知道我在期待什么。"

麦蒂出门时我说："我仍然爱你。"但她显然没有听见。我记得上次她让丽莎过来看我。丽莎在做地理作业，咬在嘴里的铅笔在轻轻弹动。我说："你是最棒的孩子。我太爱你了。"

"那挺好。"她说，并没有从南美洲地图上抬起头来。

那天晚上我用微波炉热了点豆子和玉米粒。我一边吃一边看《幸运之轮》，然后是《今夜娱乐》。我吃得很慢，专注于每一口食物。在《今夜娱乐》里，他们讨论了猫王是被谋杀、自杀还是伪装了自己的死亡。我觉得猫王在做深度闭关修炼，就像我现在这样，但发生了致命的误判。他们说猫王在窗户上贴上铝箔来挡住日光，他彻夜不眠。

我不知道为什么麦蒂和我这么难相处。我有种感觉，她想回到我身边，但太骄傲了，不愿意承认。而这也是我希望的，但我们似乎没有能力让其发生。而且，更糟糕的是，我在失去我们的女儿。我还觉得所谓的选择是不存在的，所有一切都是不可避免的——这些命中注定的人类行为模式。

我坐在电视前的安乐椅上写日记。我的"今日感悟"如下：为了避免掉进历史的陷阱，你必须有意识地重演它，和它一起走到陷阱的边缘，然后退回来。这样你就获得了自由。我不知道自己到底有多认真。

麦蒂和我正在经历的事情肯定像时间一样古老。如果我能回到我们刚开始的样子重来一遍，我想我会重走老路的。丽莎出生时，麦蒂得意地把婴儿抱在胸前对我说："你看，比尔，我们在这里——不可分割。"她从那个肉体的结合中看到了某种神秘的东西。但现在我们似乎已经把自己存进了我们的婴孩的清白无辜之中，我们被清空了，彼此隔断。最终，当麦蒂离开我时，一切来得那么突然，毫无预兆，就好像她把我的心连根拔起了一样。我想起了战场上的场景，受伤的士兵手里捧着自己的内脏，就像捧着一个新生儿。她离开时解释说，我们必须分开住才能解决我们之间的分歧。她心中充满了莫名的不满。这个时代就是这样的，她向我保证，无视我的绝望。她在路易斯维尔找到了一份工作——一个成长的机会，她声称。丽莎可以去上那里的芭蕾舞学校。

周末很混乱。麦蒂找借口留在路易斯维尔。我花了一段时间才意识到分居只是借口和一种合理化——所有这些谋划都是在为那个注册公共会计师布拉德利·辛普森提供方便。他一直是她的目标。当我看出分居是个狡猾的计谋，是为了让他和他的猪眼睛和毛茸茸的肩膀上她的床后，我像衣袖一样里外翻了个个。我站在自己的生活的外面向里看。从那时起我就端起了酒瓶子。现在布拉德利·辛普森已成为历史。想起他仍让我糟心，但他对我们的未来、麦蒂和我的故事已经不重要了。他没有坚持下来，但我们之间的隔阂却留下了。她喜欢她的新自由，喜欢与我之间的距离。更莫名其妙的是现在她回来了，而我却像是在把她往外推。这就像酒瘾一样，是我的缺陷。一旦事情被颠倒了，我不知道怎样把它们扶正过来。我必须宽容，无论付出多大的代价。如果她走得更近一点，我需要接纳她。但我还没学会怎么去做。我对错误的行动有一种本能。

晚饭后，等到天黑了，我拿出做被面的布料。尽管没有人知道，我在做的事情并不真是一个秘密。现在我意识到我想在被面完成后给麦蒂一个惊喜。

奶奶在晚上拼缝被面——当她坐下来休息，但又不想让自己闲着，想做些有用的事情的时候。要是看见她的孙子在拼缝被面，她会笑成什么样子！我敢肯定她连一个会穿针引线的男人都没见过。

坐在炉火旁整晚看电视的时候，我喜欢想象自己在和奶奶谈心。她为她所有孩子的婚礼缝制过婚戒被面。她缝制被面，看《伯南扎的牛仔》《华生一家》和《草原小屋》，所有那些边塞情节剧。最让我难以忘怀的是她的设计感，她对色彩的热爱，以及对让每一块废布料派上用场的压倒一切的实际需求。她对《伯南扎的牛仔》里的演员珀内尔·罗伯茨情有独钟。他戴着一顶假发，而她想在澎湃的激情中一把扯下他的假发。至少我是这么认为的。

确实，我没有自愿告诉麦蒂或任何人我绗缝被子的事。我知道他们会从这里面发现某种意义。不过绗缝让我感到自己在某种程度上更接近麦蒂和丽莎。不是说她们中的一个会做这件事。我也想知道做一个不可思议地缝被子的男人是种什么样的感觉，一定很有趣：拿针的笨拙手指，刺破手指的次数，剪刀剪开棉花的咔嚓声。我把布块放在地板上，摆弄上好几个小时。也许我想知道成为女人离他而去的那种男人意味着什么。

我不是在制作一床现代的拼布绗缝被，那种挂在墙上的奇丑无比的玩意儿。我讨厌那些用垃圾场的东西做成的拼贴图——口香糖糖纸、塑料袋、锡纸、瓶盖，所有这些都在喊口号。我去"织品仓库"买了些精美的印花布头。他们把这些布头卖给专门绗缝老式被面的人，因为再也没有人穿这样的印花布，也没有人保留装碎布头的袋子了。我知道奶奶的碎布头袋子还在旧家的某个地方放着。我需要找到它们。

我的图案是我在杂志上看到的一个设计。它是窗户——很多很多闪闪发光、反射着复杂光线的棱柱。拼缝好第一块后，我可以想象其余的部分从那一块棱柱中辐射出来，反射、交错、重叠，就像流淌着的河流上的光。各种色度的蓝色——透明、银色、蓝天和薄暮。页岩和珠宝钻石的颜色。

奶奶用蓝色拼缝。我凝视着这些窗户，朝着被子全部拼缝好并在灯光下展开的那一刻努力。我最喜欢的是拼缝布块的过程，部分是想象力，部分是耐心。它把我抛到时间之外，让我慢下来，我觉得自己就像一个为买卫生纸而排几个小时队的俄罗斯人。它变成了一种冥想，一针一针又一针。

　　缝被子的事我不会告诉麦蒂。我要等到完成后再给她看。我会让她大吃一惊，此后我们将恢复到我们从前的样子。这床被子是为我们的女儿准备的嫁妆。

规矩的吉普赛人

在伦敦逗留期间，我一直在思考。我想知道文明到底是什么。在那边，我很自觉自己是个美国人——一个任性的海外表亲，粗鲁、不成熟。我想知道性格是否是茶塑造的；"滑铁卢"是否曾是"盥洗室"的别名，后来缩写成了"厕所"[1]。戴安娜王妃在阳光明媚的古奇街购物吗？为什么高跟运动鞋花了那么长的时间才成

---

1 英式英语里盥洗室叫"water closet"，而在英式口语里厕所又叫"loo"，所以叙事者"我"怀疑英文"厕所"这个词是从"滑铁卢"（Waterloo）演变过来的。

为时尚——比《我的天哪，莫莉小姐》[1]晚了几十年？我想知道为什么伦敦有那么多的音乐。《暂停》周刊列出的乐队和歌曲似乎表明有一股新浪潮，一股革命性的能量从苏活区[2]令人生畏的舞蹈俱乐部爆发出来了。这些乐队和歌曲的名字既机敏又苛刻："快速自动的新水仙花"、《好吧，跺脚吧》、"恶人茶"、"臭虫"、"装备迷"、"大猫佛兰克"、《会飞的魔术贴》、"帕迪去霍利黑德"[3]。不过从我身边经过的牛津街上阴郁且衣冠不整的青少年让我觉得不会有真正的音乐，只是些嚎叫式的流行乐，来自底层的绝望罢了。然而我还是想知道此刻什么样的粗犷野兽正无精打采地迈向诞生。我有一个开放的心态。

然而，我并没有对伦敦发生的事情有所准备。就像英国人所说的那样——我在假日里彻底放飞了。我没什么钱，也没有要回国去干的工作，所以与其说是度假，倒不如说是一次放纵。我仓

---

[1] 《我的天哪，莫莉小姐》(*Good Golly, Miss Molly*)：一首热门的摇滚歌曲，由美国音乐家小理查德于1956年首次录制，并于1958年1月作为单曲发行。

[2] 苏活区（Soho）位于英国伦敦西部的次级行政区威斯敏斯特市境内，本来是当地的红灯区，现为著名娱乐区。伴随色情业的式微，加上位置紧贴伦敦的金融区梅菲尔，每天下班的时候都有很多人从梅菲尔到苏活区喝酒、消遣和听音乐，使苏活区渐渐变成一个让世界各地游客云集的社区。

[3] 多个乐队的名字和歌名。

促离开了那个与我有牵连的人,此刻他正在特拉普派[1]的修道院闭关(闭关?),把自己沉浸在托马斯·默顿[2]的书籍里。安迪性格严肃,胆固醇偏高。实际上,我相信他觉得默顿这个人很有魅力,但我一直记得在印度导致他触电的那台电扇——我觉得那是一堂给超验冥想者上的实物课。我和我丈夫杰克分居了。新时代的安迪一直是我中年人生航向的一次纠正,但现在他去数念珠和给豆子松土锄草,或者从事客西马尼园[3]僧侣们从事的其他工作。小时候,我儿子看到穿黑袍子的僧人在地里锄草,他称那儿为僧人农场。我不知道我该拿安迪怎么办。他品行端正,但让我感到不安。我知道我总是试图在适应的同时做出反叛。我丈夫称此为玛丽·安托瓦内特悖论[4]。

---

1 特拉普派(Trappist)是一个严格遵行圣本笃会规的隐世天主教修道会。该隐修会始自17世纪法国诺曼底地区的拉特拉普修道院发起的改革运动,旨在追求更加俭朴的生活方式,修士奉行"一日不作,一日不食"。

2 托马斯·默顿(Thomas Merton, 1915—1968):美国作家及天主教特拉普派修道士。他的自传《七重山》(1948)使他蜚声海外。书中讲述了他青少年时代改变信仰、皈依天主教的经历,以及1941年在肯塔基州的一个特拉普派修道院出家的过程。他还著有诗歌、散文、日记和小说。

3 客西马尼园(Gethsemani)是耶路撒冷的一个果园,根据《圣经·新约》和基督教传统的说法,耶稣被钉死在十字架上的前夜,和他的门徒在最后的晚餐之后前往此处祷告。

4 玛丽·安托瓦内特(Marie Antoinette, 1755—1793)是法国国王路易十六的妻子。她热衷于奢侈无度的生活,有"赤字夫人"之称。但在法国大革命开始后,她却意外地表现出一位王后的骄傲和尊严,表现得比路易十六更有主见。这里所说的"玛丽·安托瓦内特悖论"就是指她前后矛盾的表现。

我独自待在伦敦,所以某种程度上我也在闭关。我在布卢姆斯伯里区借了一套公寓住一个月。我大学时代的老朋友露易丝在伦敦担任政府翻译,但她现在不在伦敦,而在英国驻意大利领事馆做翻译工作。早在六十年代,在我们读完大三的那个夏天,我和露易丝一起去了一趟欧洲——"每天五美元游遍欧洲"。在那次悲惨的旅途中,露易丝的母亲在杰克逊维尔[1]去世了,消息传到罗马时她已经下葬。我们不知道该怎么办,只好冷酷地继续我们的旅行。我们最终来到了英格兰,然后乘火车去了湖区[2],在那里遇到了一些来自巴罗因弗内斯市的帅小伙,他们以前从未见过美国人。

露易丝的公寓位于布卢姆斯伯里大道旁一条砖头铺成的小街上,一层楼的公寓,所有公寓都带有种着晚秋花卉的窗台花箱。没有后花园——对我来说正合适,因为我不想照料植物。我不确定我想做什么。我本该做些思考,或者不去思考。我想知道自己是否应该回到杰克身边。我不愿意像回旋镖或"快速自动的新水仙花"一样不假思索地冲回去。

从肯尼迪机场飞抵伦敦两天后,我的日夜仍然混淆不清。星

---

[1] 杰克逊维尔(Jacksonville):美国佛罗里达州最大城市。
[2] 湖区(Lake District)位于英国西北部,是英国的国家公园。

期天我一直睡到下午两点多。吃完早餐我出门走了很长一段路，沿着托特纳姆法院路往前走，经过所有俗气的电子产品商店来到摄政公园。穿过公园来到动物园时，动物园正在闭园。我决定不再深入昏暗的公园内部，而是走大路，沿来路返回。余晖将光秃秃的树木的轮廓投射在地面上。

　　回公寓的路上，我一直想着露易丝。我已经五年没见她了，我们从来没有真正亲近过。她总在追逐新的职业和人群。她依靠人脉和想法成长，就好像希望会有人随时提出一个全新的计划，从根本上改变她的生活。她的衣橱里挂着五颜六色的西装，衣架上还挂着围巾、腰带和项链等配饰，下方是一排鞋子。上衣的口袋里放着大耳环。公寓里没有其他看起来私人化的东西，没有小摆设或收藏品。她没有什么爱好。没有成摞的杂志，只有几期最新的《时尚》杂志和一本孤零零的《暂停》。没有什么可以回收或需要延期的东西。食品柜里只有几包鲍威尔牛肉汁和茶叶，冰箱已经为迎接我的到来彻底清空了。每周四会有一个女佣过来。我老家没有人雇别人打扫卫生。在我居住的那个地区，阿巴拉契亚山脉边缘的一个小镇上，如果你雇人打扫卫生、做饭或割草，别人会认为你很有钱，然后找你借钱，要不就说你的闲话。

　　露易丝的住处很像律师的接待室。墙上的艺术品都很实用——几张国家美术馆的海报和一幅难以描述的海景。但在客厅和卧室之间的走廊上有一排8英寸×10英寸的光面彩色照片，照片上是被拔了毛的死火鸡。这些照片加了很薄的红色金属边框。第一张照片里，火鸡端坐在一把红色的儿童摇椅上，没有头，双腿悬垂着。第二张照片上的火鸡坐在超市购物车的儿童座位上。我能辨认出购物车上的"罗布劳"[1]字样，所以知道这些照片来自美国。第三张照片上的火鸡像宠物一样躺在壁炉旁的地毯上。最后一张照片上的火鸡被安全带绑在车座上。

我很想给杰克看这些照片。他是摄影师，我知道他会反感。这些照片奇丑无比，但很有趣，因为火鸡看起来很人性化。我有一个正在上大学的儿子，但露易丝没有孩子，也从未结过婚。难道这就是她对孩子毛骨悚然的看法？

回到公寓天已经快黑了。细雨落在窗台花箱里点着头的菊花上。我用一把超大的万能钥匙笨拙地打开外面的大门，再打开门厅的灯。前面还有一扇门，要用另一把更现代的钥匙。我打开了第二扇门；这时我感到一阵恐惧。出事了。我能看到地板上放着我的行李袋。我确信我把它放进过道的壁橱里了。除了门厅的灯光外，房间里一片漆黑。我吓坏了，迅速退了出来，把两扇门都关上了。我把万能钥匙塞进锁眼转动了一下。我在

---

[1] 罗布劳（Loblaw）：加拿大最大的连锁超市，在美国开有多家分店。

拐角处回头看了一眼，试图回忆我有没有把卧室的窗帘拉严。有人在偷看吗？

我快速跑到几个街区外离我最近的电话亭，拨通了露易丝留给我的号码，是她的一个朋友，以防我需要帮助。081的区号——太远了，没有用，我想。回答的是留言机。听到提示音后，我犹豫了一下，挂断了电话。

有可能是我看错了，我想。我可以勇敢一点，回去察看一下。我往回走——走过三个长长的街区，沿途的书店和卖三明治的小店已经打烊。要是先给警察打电话，然后想起来是我把行李留在了地板上，那样会很尴尬。我曾被记忆欺骗过，并得出一个与此相关的理论。我努力回想着。露易丝曾向我保证："南希，英国不像美国。这里很安全。我们没有那么多枪。"

开外面大门的时候我遇到了点麻烦。我把钥匙转错了方向。我不得不试了好几次。进门后，我把另一把钥匙插进第二扇门的锁眼里，但转动钥匙之前门就被推开了。刚才关的时候门应该是自动锁上的，现在却被推开了。我可以看到我的行李袋，但我觉得它可能向前移动了六英寸。现在我意识到外面的门也可能没有锁上。我的勇气再次背弃了我。我转过身，哆嗦着用那把笨重的万能钥匙再次打开门。接下来我飞速跑过那几家书店和三明治小店，来到电话亭前，从那儿知道了警察的号码不是911而是999。

"我觉得有人闯入了我的公寓。"我尽可能平静地说。

一个友善的女声记下了信息。"请告诉我地址。"

我给了她地址。"我是美国人。我在旅游。这是朋友的公寓。"

"好的。"那个声音停顿了一下。英国人说"好的"的方式就好像他们在说:"当然。我知道的。"你无法让他们感到惊讶。

"我以为伦敦会很安全,"我说,"没想到会这样。"由于紧张,我有点语无伦次。我立刻意识到我可能侮辱了伦敦的警察,说他们没有做好他们的工作。

"别担心,女士。我马上派人过来。"她重复了一遍地址,让我站在布卢姆斯伯里大街的拐角处等着。

我双手插在雨衣口袋里,站在街角等着。路上的行人随意走动着。周围的一切看起来很正常,我意识到我并不相信灾难真的会落到我头上。这就像一种灵魂出窍的体验,只不过我急着小便。很快,四名警察开着一辆小得可笑的车子过来了。我听说他们不再叫"博比"[1]了。(不叫 P.C.[2]?我不知道。)两个留在车里,两个朝我走来,问了我问题。他们拿走了我的钥匙。

"女士,请您留在这里,我们去查看一下。"说话的"博比"看起来大约二十岁。他脸上有个酒窝,很可爱。他的红头发让我

1　博比(bobby):早期英国警察的诨名。
2　在英国警察也叫"Police Constable",简写成"P.C."。

想起了我们第一次见面时的杰克。

他们抽出警棍，在门口站定。他们进入公寓时，我觉得场面有点可爱。我不想去想美国的警察会怎么做。几分钟后，两个"博比"中年长的那一个出现了，示意我进去。

"是的，"他说，"这是一起盗窃案。"

公寓里面就像一个旧货拍卖场。所有的抽屉都被拉开了，东西倒在了地上。厨房的橱柜是关着的，但卧室里就像刮过了龙卷风。我的衣服散落一地，露易丝预先搭配好的西装堆在了地板上，地上还散落着耳环和项链。我惊呆了，我一定看起来异常的镇静。警察有可能以为是我策划了整个事件。露易丝的住处原先非常空旷，现在东西扔得到处都是，看起来几乎像个家了。

"有电视机吗？"红头发的"博比"问。

我突然意识到放电视的小推车上是空的。

"呃，有。"我说，指着小推车，"厨房里还有一台收音机。"

"不见了。"他说，"有 CD 播放机之类的东西吗？"

我摇头否认。露易丝从来不听音乐。她怎么会喜欢语言却不喜欢音乐呢？

"电视机和收音机，还有大约一百块的现金——美元。"检查完我告诉警察。现金一直放在我的航空手提包带拉链的隔层里。我不知道露易丝有哪些藏着的贵重物品可能被偷走了。我藏在毛衣里的从危地马拉买来的随身杂物包里的旅行支票还在。窃贼一定很匆忙。我可能打断了他们的行窃。电话传真机还在桌子上放着。墙上的火鸡照片歪歪斜斜地挂着。

"博比"写了一份报告。他们给了我建议。"马上去找个锁匠把锁换掉。"年纪大的"博比"敦促道。

年轻的"博比"招呼我去前厅。"你看出来他们是怎么进来的了吗?外面门的两把锁都应该锁上。看到信箱口的黄铜挡板了吗?他们可以通过那个狭槽把工具插进来,松开里面的把手。强行打开第二扇门的锁再简单不过了。一张信用卡就可以做到。"

"可能是吉普赛人,"年长的"博比"说,"附近就有吉普赛人。"

"一定要双锁外面的门。"稍后他们离开时,那位年轻的提醒我。他似乎有点担心我。我试着微笑。我有点垂涎他的头盔。

查阅电话簿,我选择了一位叫史密斯的锁匠,因为这个名字看起来很恰当[1]。他的广告说:"为你的锁选择史密斯吧。"在我等待的时候,我想把这儿清理一下。我把露易丝的厨刀藏在炊具的后面。我寻找着线索。地板上一本书的下面,我发现了一张露易丝的父母加了镜框的照片。他们盯着我看,好像我发现了他们正在做丑事。

史密斯很快就来到了,带着一个工具箱和一个巨大的三明

---

1 英语里"史密斯"(Smith)这个词有"工匠"的意思,比如铁匠叫"blacksmith",锁匠叫"locksmith"等。

治——一个夹心的大面包卷，像塞满炖肉的汉堡包。他把它放在了餐桌上。

"你需要几个螺栓。"检查完门后他宣布道。

"我能请你想法子堵住信箱的槽吗？"我问。我解释了怎样通过狭槽打开门。

史密斯翻转了几下黄铜挡板。他皱起了眉头。"那你怎么收邮件呢？"

"我并不期待信件。"安迪可能会写信，但没关系。杰克甚至不知道我在哪里。

"我可以用螺丝把它锁死。"史密斯有点勉强。他身材魁梧，看上去像是常去健身房锻炼。他身穿干净、有褶皱的绿斜纹布工作服，一边啃着面包卷，一边朝客厅门锁板开动了几下电动螺丝刀，拧进几颗螺丝。声音很刺耳。

"这很可能是巴基斯坦人干的。"他说，停下了他的进攻，"巴基斯坦人比印度人还要坏。"

"我不知道。"我喃喃地说道。我试图回想露易丝的父母是放在哪里的。我在卧室里试了试，但他们看起来非常的不赞成。

"我们这里有一些挑衅性很强的黑人，"史密斯继续说道，"他们盯着你的眼睛看。"

"我不会草率地下结论。"我说，把一个沙发垫拍拍松。

"但你知道你们国家的黑人是啥样的啊。"一颗螺丝掉在了地上。

　　我不知道该说什么。我不习惯听别人这样说话，但作为一个美国人，我似乎没有反对的权利。"你去过美国吗？"我问道。

　　"没有。但我盼望带着孩子去迪士尼乐园。"他捞起那颗螺丝。"也许哪一天吧。"他若有所思地补充道。

　　在那之后，我带着满腔的愤怒游览了伦敦。我四处走，脑子里不停地重放发生过的事情，几乎不去看风景。我径直走过大本钟，直到听到它在我身后敲击才注意到。"英——格——兰的节奏就像是晃动的钟摆，街上骑车的警察三三两两"——那首歌一直在我脑海里萦绕。我走在街上，恐惧在心头滋长。我在空无一物的商店墙上看到这样的标语：杜绝乱贴广告！标语看上去很暴力，像"清算"或"灭绝"。

　　我发现自己在街上自言自语。茶壶是手榴弹。公文包可能是汽车炸弹。有枪。我记得杰克和我带着我们的儿子去看皇冠上的珠宝。那是 1975 年，在伦敦塔。为了看皇家的那个小玩意儿，我们排了很长的队（露易丝会说"queue"[1]），突然响起了警报声。一群长着娃娃脸、穿着军装的年轻人出现了，他们的 M-16 自动步枪对准了游客。我们当中的任何一个都有可能是爱尔兰共和军恐怖分子。

1　在美式英语里排队的"队"是"line"，而在英式英语里则是"queue"。

主要街道上的嘈杂声震耳欲聋。在蓓尔美尔街，车辆挤作一团。四方形的计程车被操纵得像碰碰车，车子的后轮固定不动，前轮却划出一条弧线。一辆贴满广告的蓝色计程车尖叫着停在我前面，容我小跑着穿过人行横道。还生着气，我朝威斯敏斯特修道院进发，目的地是"诗人角"。我要和这些诗人说道说道。当你需要他们的时候，这些家伙都在哪儿？我不得不从一群认真研究黄铜拓片的游客中间挤过去。一个标志警告说，该区域有扒手活动。我从不听从指引，现在我拒绝询问"诗人角"在哪里。我确信自己能找到他们，他们潜伏在被守卫着的洞穴中。我踩着死者的墓碑，穿过迷宫般的走廊。好主意，我想，从死者的上方走过。我用脚踩着他们的石头，希望能够骚扰他们。这时我看到了指向"诗人角"的箭头。但是一条丝绒绳索和一个穿着超大红色服装的男子挡住了我的去路。

"为什么不能去见诗人？"我想知道。

"因为已经超过四点了。"穿超大红色服装的男子说。

我不知道诗人们喝下午茶的时候会闭门谢客。懒鬼，游手好闲之徒。掏诗人的口袋——满满一口袋的黑麦？[1] 如果给监狱的铁栏杆裹上丝绒，囚犯们会更有尊严吗？我从一个坐在滑板车形状的电动轮椅上的女人身边走过。我绕过建议捐款的箱子，与一群

---

1 原文是一句押韵的顺口溜。

小学生擦肩而过。

我把诗人留给了他们的下午茶。

我在牛津街的维京唱片店里搜寻音乐。那儿什么都有，成排的CD和大量的民谣、福音歌、古典音乐、雷格[1]、雷鬼[2]、摇滚、流行乐和世界音乐单曲。商店里正在播放的滚石乐队的新歌大放异彩。《米克身上没有苔藓！》。接下来播放的一组我不熟悉的歌曲让我陷入老式摇滚的节奏。我必须找出那是哪个乐队演唱的。这是一条新的音乐线索，所有我在杂志上读到过的但在露易丝装饰着火鸡的无声公寓里听不到的音乐。

"播放的是哪一个乐队？"我问一个戴鼻环的店员。

"鲍勃·格尔多夫和'布姆镇的耗子'乐队，来自他们的CD精选集。"他说，微笑让他的鼻环摆动起来，"《大约在1978》。"

这些年我都去哪儿了？为什么我不知道这首歌？这是否意味着我老了？这首歌播放完了。维京唱片店如此巨大，如此刺激，我觉得自己的血糖在下降。太多需要吸收的东西。整面墙的猫王。

在大英博物馆里，我凝视着古代手稿。我看到一个叫鞭子年代史的东西。这是一份关于"鞭笞"形式的手稿，鞭笞是一种用

---

1 雷格（Ragga）：舞厅音乐和雷鬼音乐的一个子流派。
2 雷鬼（Reggae）：20世纪60年代源自牙买加的一种音乐类型。

于宗教自律的仪式。这是一部涉及全世界的编年史，写在从一根棍子末端流出的纸条上。一大堆的碎片，就像一个绒球。我想知道安迪是否在修道院里鞭笞自己。纸鞭不伤人，只会像虫子叮咬一样恼人和让你发痒。带皮的桦树枝给人愉悦感。藤鞭会陷入身体，产生刺痛。钢丝鞭则致人残疾。

我连着两天给露易丝打电话，但她本该待着的意大利别墅里没人接听。后来我得到了一个留言机回复，说意大利语的露易丝。我猜测着那段留言的意思，听到留言提示音后，我脱口说出所有的情况。"别担心，"我说，"没有什么损失。只丢了电视机和收音机，没有损坏什么。我不得不换锁。"我请她告诉我有关保险的信息。我没有告诉她我把信箱口封了以及我是怎样发现她的邮件被扔在大街上的，因为我总错过邮递员。我知道她会叫电视机"telly"而不是"TV"。露易丝已经如此的英国化，她有可能在空袭期间喝下午茶。

我坐在一家廉价的意大利小餐馆里，喝了一瓶苏打水。女服务员送来蔬菜开胃菜，又送来了面包。我慢吞吞地吃着，试图理清我的处境。我知道安迪会做什么：净化、简化和闭关。他会听他的恩雅[1]唱片，那些空洞的低声私语。我感到心里有个很深的

---

1 恩雅·帕翠西亚·伯伦南（Enya Patricia Brennan，1961— ）：爱尔兰女歌手。

洞。附近一张桌子旁的一家人正在度过一个愉快的夜晚,尽管我听不清他们大部分的谈话内容。一个大概三十多岁的年轻人,显然是在与父母共进晚餐。父亲点了烈性苹果酒,儿子点了一瓶红酒。妈妈从包里拿出一个包裹,一个用坚固的普通纸张包着的礼物。年轻人打开它——内衣!——然后小心翼翼地把它重新包起来。他似乎很感激。

又来了一个年轻人,提着一个公文包。两个年轻人唇吻了一下。然后新来的人亲吻了妈妈,和爸爸握手。他坐在桌子的尽头——就在生日男孩的斜对面——从公文包里取出一个包裹。包裹越过了桌面。书籍,我想。不是,是一只皮箱,里面装满了像药瓶一样的东西。生日男孩似乎很开心。他点了一支烟,一个年轻女子冲了进来,身穿紫色针织无袖长裙,里面是白色的衬衣,脚上穿着白色的高跟篮球鞋。她的头发很短,好像一两个星期没剃头的西尼德·奥康娜[1]。她递给今晚的主角一份礼物。我认定她是他妹妹。但也许他们根本就不是一家人,我想。也许我只是在匆促地下结论,就像锁匠那样。

我的主菜到了,是用茄子和西葫芦做成的。我不记得西葫芦的样子了,也无法从盘子里辨认出它们。我不知道为什么意大利菜单要采用法语单词。我不知道露易丝学意大利语是不是因为她

---

1 西尼德·奥康娜(Sinéad O'Connor, 1966—2023):爱尔兰摇滚歌手,以其光头形象著称。

是在意大利得知她母亲的死讯的。也许她想翻译她对那些外国声音的记忆，那些我们在西班牙阶梯[1]附近的美国运通办公室听到的外国声音，在那个难忘的日子，她得到了来自美国的消息。

最终，我和露易丝通了电话。"别再担心这个小插曲了，南希。"她让我放心。她没有隐藏的贵重物品好丢失。我们讨论了保险方面的细节。我会得到我的一百美元，她会得到她的电视机。

"警察说可能是住在附近的吉普赛人。"我提议说。

"哦，但那是一些规矩的吉普赛人。"她说，"他们不住福利房。"

福利房是指政府提供给低收入者的公共住房。"规矩的吉普赛人？"我说，但她这时已经进入了一个关于文化专员的分居妻子如何出现在罗马的故事。我想吉普赛人一定住在露易丝住的那种普通公寓里。在美国没有人会说"规矩的吉普赛人"。会，他们会的，我意识到，就像说"有教养的黑人"。

"露易丝，"我沉稳地说道，"我非常不安。听我说。"我本想问她与印度人和巴基斯坦人有关的事情，但不知道该怎么说。我换了话题，说："还记得我们五美元一天周游欧洲吗？"

"六美元更符合实际。"她轻快地笑着说。

1　西班牙阶梯（Spanish Steps）：罗马的一座户外阶梯，是全欧洲最长最宽的阶梯，与西班牙广场相连接，阶梯的顶端是山上的天主圣三一教堂。

"你知道你妈妈去世的时候,我不知道该对你说什么吗?我太没用了,没能提供一点安慰。"

"为什么你直到现在才不开心。"

"我只想告诉你我真的很抱歉。"

"哎,南希,"露易丝说,声音里混合了善意和恼怒,"我知道你因失窃而不知所措。但是你换了锁,所以不会有事的。这都不像你了。我相信你只是还没适应与杰克分居。"

"不是那样的,"我连忙说,"是这个世界。还有正义的意义是什么。很重要的东西。"

"哦,拜托。"

"再见,露易丝。"

我在一家小店买了洗衣粉和一包"煎饼",只是想弄清楚英国人所说的这个词是什么意思。[1]我去了一家自助洗衣店:露易丝怎样洗衣服?自助洗衣店的几把塑料椅子在阳光充足的窗户边上烤着。两名灵巧地裹着薄棉纱的印度妇女正在洗涤成堆类似棉质包裹布的东西。她们大声谈笑着。一个说:"她在做这个做那个。"她有一双漂亮的手,在她说话时像使用乐器一样用它们伴奏。我恍然大悟,是露易丝的女佣在帮她洗衣服,可能把衣服送到了她

---

[1] "flapjack"在美式英语里的意思是"煎饼"和"烤饼",而在英式英语里则是"甜燕麦饼"。

家附近的洗衣店。我想知道规矩的吉普赛人是否有女佣。从技术上讲，一个规矩的吉普赛人不是应该适用于所有的形象吗？金牙，耳环，全套行头？我坐在一把发烫的塑料椅子上。我的口袋里有一份安迪的传真——一份来自隐修院的传真！我想我是不会回复他"简单西蒙"[1]式的来信的。我想象不出修道士会发传真。我在洗衣店等着，吃着"煎饼"——一种苏格兰燕麦蛋糕，用糖浆粘连起来的。苏格兰人称烤面饼为"煎饼"。他们很晚才喝下午茶，给人的印象是他们吃不起晚餐。但英国人喝下午茶的时间则早到让人觉得他们白天不需要上班。英国人所谓的"第一道菜"其实就是开胃菜，他们更喜欢用粗俗的词语代替法语单词。他们的语言是规矩的，但有时却奇特地不委婉。他们吃那些被他们称之为"洞中蟾蜍"[2]"吱吱冒泡"[3]"斑点鸡巴"[4]和"死宝宝"[5]的东西。他们吃"穿夹克的土豆"[6]，喝"手拉啤酒"[7]。我无法确定这些表述属于蹊跷古怪还是司空见惯。

---

1 简单西蒙（simple-Simon）：最初是一首童谣中一个愚蠢男孩的名字，后用来代指愚蠢的人。

2 洞中蟾蜍（toad-in-the-hole）：一种面拖烤香肠。

3 吱吱冒泡（bubble-and-squeak）：卷心菜煎土豆。

4 斑点鸡巴（spotted dick）：一种葡萄干布丁。

5 死宝宝（dead baby）：一种甜食。因把面粉、葡萄干、猪油揉成一个大面团，再用纱布包起来放在开水里煮熟，有时又叫"煮小孩"或"淹死的小孩"。

6 穿夹克的土豆（jacket potatoes）：带皮煮熟的土豆。

7 手拉啤酒（hand-pulled beer）：酒吧出售的鲜啤酒。

我把牛仔裤、T恤和袜子扔进一个叫"脱水机"的旋转式烘干机里。这是一个巨大的桶，外面包了一层上了年份的污垢和粗电缆，看起来像是一项残酷技术的遗物。黑暗的撒旦磨坊。[1]

在特拉法尔加广场，我正打算从纳尔逊纪念柱去查令十字街口，一场示威游行吸引了我。背着塑料洗衣袋，我挤在一群留着惊人的蓝色和橙色莫霍克[2]发式的朋克中间。衣衫褴褛、没精打采的青少年推着我穿过一群鸽子。我一只手放在我的腰包上，来自威斯敏斯特修道院的扒手可能就在这儿。也许还有诗人。我不知道他们在抗议什么，好像与就业法案有关。我看到了头巾和纱丽，听到了炽热快速的伦敦土话、欢快的加勒比语和游客们让人惊掉下巴的口音。我几乎动弹不得。我的塑料洗衣袋像驼峰一样跟着我。虽然有点吓人，但被人群抬着往前走还是蛮刺激的。我觉得我们所有人都在随着一种强有力的新节奏旋转。我的头发被风吹起来了。我能感觉到英国雨点在给我搔痒。我旁边的一个男人在说"四，四，四"，和他一起的女人用拳头在空中打着节拍。她的耳环叮当作响，闪闪发光。场景模糊了，然后逐渐清晰起来。就像

---

[1] 黑暗的撒旦磨坊（dark satanic mills）：指19世纪英国的工厂或作坊，工作条件恶劣，被视为剥削和非人性工业化的代表。

[2] 莫霍克（Mohawk）：居住在纽约州和加拿大的北美印第安人。

"魔术眼"[1]一样,当你通过不聚焦的凝视让你的视力发散后,一张毫无意义的图片会变成一个三维场景。当您放松进入更深的视野时,"魔术眼"将您带入图片,您可以在里面四处移动,然后一个隐藏的图像就会浮现出来。在人群变化无常的幻影中,一切都变得清晰了:条纹和格子,宝蓝色和粉红色,雷鬼辫[2]和英国国旗。我看到了印有扎染红色大心形的 T 恤、银首饰、薄纱裙、带羽毛的大帽子,以及印有"工作人员"字样的黄色 T 恤。我看到一件大衣上面粘着五颜六色的包装着的避孕套。跃入前景的意外图像则是我自己,超凡又脱俗。在我的一生中,我一直觉得任何特别且强烈的体验——日落、绚烂的鲜花、翱翔的鸟儿——都是不完整且不充分的,因为我总是清楚它们会结束,我会看着手表等着。这次也一样,不过是反过来的。我知道人群的拥挤必将停止。这就像一种安全的幻觉,这是个自我无敌的神话。

最后,我来到了一条人行横道,一名警察拦住了车流,让人群快速穿过马路。我来到国家美术馆门前,汇入馆内较小的人群中,发现自己正盯着一些十六世纪意大利人群的场景和圆形的圣母画像看。《麦当娜女士》[3]的钢琴锤击声涌进了我的脑海。

---

1 魔术眼(Magic Eye):以自动立体图为特色的书籍,当你凝视书中的图片,会出现三维的图像。
2 雷鬼辫(dreadlocks):牙买加黑人和雷鬼乐乐师的一种发式,把湿发纠结成辫四下散垂。
3 《麦当娜女士》(Lady Madonna):披头士乐队成员保罗·麦卡特尼创作的一首摇滚歌曲。

我想起了我第一次游览伦敦的经历。那是1966年夏天,为了处理母亲的后事,露易丝先走了,我一个人在伦敦待了几天。她母亲已经去世五周。我独自留下,从露易丝和她的悲伤中摆脱出来。我很快就要回国了。披头士乐队也要去美国,开始最终证明是他们在那儿的最后一次巡演。他们的唱片在美国遭到焚烧,因为约翰·列侬曾随口评论说披头士比耶稣更受欢迎。我认为他说得对。晨报给出了他们的航班号和起飞时间。这是对他们的粉丝的召集令,希望他们在危险的英雄之旅中一切顺利。披头士乐队充满活力的反抗出现了严峻的转折。我决定去机场,争取看到他们的身影,因为我年轻且独自一人,我疯狂地爱着他们,远超过对耶稣的爱。我坐地铁到希思罗车站,然后不得不去搭乘机场大巴。等大巴的时候,一列车队在我面前拐了个弯。几辆警车中间夹着一辆黑色的出租车。我意识到这是护送披头士乐队去搭乘他们的航班。我可以看到出租车后排座位上模糊的形状。我疯狂地挥手。透过模糊不清的玻璃,我分不清谁是谁。但我相信他们看到我了,而且我知道他们在想着美国,对他们将要面临的煎熬充满畏惧。他们在看我,我敢肯定,而我则在看着深色玻璃中我的影子。

后面的故事就不在此赘述了。

夜间飞行

搬回肯塔基州的老家后，温迪很谨慎，不与老派男人以及乡巴佬习气太重或痴迷电视体育节目的男人交往。后来她遇到了鲍勃·杰克逊。他不怎么看电视，但他钓鱼。

六月一个周五的下午，温迪开车去鲍勃的周末度假屋，度假屋在一个带码头的小型湖边住宅区。她不确定该从哪儿拐下公路，但这时认出了那块招牌：小蓝鹭住宅区。招牌上有只画得很难看的宝蓝色的鸟。灌木丛中已开辟出几块建造新房子的地皮，沿入口处分岔的碎石子路旁排列着十来栋不大的房子。一栋大尖顶房屋的院子里竖着一个牌子，上面写着"完工"，旁边站着一个弯腰邀请的人——画在胶合板上并裁剪出来的胖女人，她的裤腿从带圆点花纹的长裙子下面露出来。鲍勃的预制装配式房屋离简易机场跑道很近，机场是为了吸引来自附近五个州的周末居民而建造的。

她在码头上找到了鲍勃，他正在系他的摩托艇。吻他的时候，她尝到一股咸味，好像他不是从湖上回来，而是出海了。玉米片，她明白过来了。

"它们不咬钩，"他说，"湖水太平静了。它们都不爱动弹了。"

"肯定是干旱造成的。"

他点点头，把头扭向湖边。"鲈鱼都跑到湖中央去了，在湖底陡降的地方。往常到了初夏，它们会待在岸边。"

鲍勃有一头被阳光漂白的金发，带一点淡红色，与长着雀斑的面孔很搭配。他身上晒成棕色的肌肉很结实。他穿着肉桂色的背心和裤腿剪短了的牛仔裤，裤腿边垂着的线头长短不齐，当他努力把船固定在码头上时，线头像刷子一样刷着他的腿。他把钓竿和渔具塞进她的掀背车里，他们坐上她的车，沿着不长的碎石子路往前开。装着鲦鱼的桶在他脚边晃动。当她放在换挡杆上的手擦到他的腿时，作为回应，他把手伸进她的短裤，抚摸着她的光腿。她把车开进他的车道，他从车里冲了出去。

"袋子里最后的那个是臭鸡蛋！"他大声叫喊道。

她最近才从佛罗里达搬回肯塔基，还在犹豫是否要返回自己曾渴望逃离的地方。但她确实怀念节奏更慢也更安全的地方的生活——那种适合养家糊口的地方。在佛罗里达，她住在城市和海滩之间的地带。摩托帮二月抵达，春假前来狂欢的人群紧随其后。每天上班的路上，她开车经过番茄田。番茄开始变黄，田里点缀起红色的果实后，采摘的人就到来了。某一天，他们突然出现在了那里，一大早，弯腰挎着篮子——活生生的弯腰人。到达地头后，他们把还很硬的西红柿装进桶里，再把桶搬上皮卡车。温迪想起了小孩子从司机手里抢零食——糖果或橘子。想到橘子她有点伤心。在佛罗里达，橘子几乎算不上是美食。

她仍能想起那片一直延伸到地平线的田野，垂死的藤蔓暴露出腐烂的果实，田野边上的一片小棚屋，路边坐在柑橘板条箱上打牌的移民。即便是现在，买蔬菜的时候，她发现自己会检查双手，想起那些工人因农药而长疥疮的手。

她佛罗里达的男朋友生性偏执，嘴里总是骂骂咧咧的，对满世界的狡诈之徒和混蛋愤愤不平。所以她回来了，也许是在浪漫化自己对家乡的记忆，拥抱她曾认为土气而拒绝的东西。她想知道这是否是一个反向势利的案例，或是一个会融解成别的东西的阶段。经营着一家五金店的鲍勃·杰克逊就像一个测试案例。除了户外杂志，他不怎么读书。他从未听说过负收益率曲线或分形[1]。在给他看庞贝音乐会的录像带[2]之前，他从来没有听说过平克·弗洛伊德乐队，也从未听过他们的歌。他似乎很喜欢那些歌。他是那些开着皮卡车，头戴帽子前面可能写着"大鲷鱼"或"约翰·迪尔"[3]的人中的一员。过去她经常称老派男人为"GOB"[4]，但现在这个首字母缩写就像种族诽谤一样骇人听闻。她以为自己早就远离了每个周末都在喝啤酒的男人，但鲍勃引起了她的兴趣。他确实喝很多啤酒，但他没有啤酒肚，而且他还不知从哪儿学会了不粗鲁。最近的一个晚上，他们从一条购物街走去一条街对面他们停车的地方时，一辆六十年代的大车从加油站开出来，里面挤满了像抱着宠物狗一样抱着六瓶装啤酒的男人。从后排一扇敞开的窗户里，其中的一个男人对温迪大声喊道："嘿，亲爱的！让我们脱光衣服吐口水吧！"她"扑哧"一声笑出声来。让她惊讶的是鲍勃也跟着笑了。他没有被激怒。车子不见了，他还在和她一起大笑。

鲍勃小木屋里的家具是早期美国风格的，家具是全新的且

---

1 分形（fractal）：几何学术语，具有以非整数维形式充填空间的形态特征。

2 指《平克·弗洛伊德：庞贝古城现场录音纪录片》（*Pink Floyd: Live at Pompeii*），一部由阿德里安·马本执导的1972年音乐会电影，其主演为英国摇滚乐队平克·弗洛伊德，在意大利庞贝古城的古罗马圆形剧场演出。

3 约翰·迪尔（John Deere）：全球著名的农机公司。

4 英文"老派男人"（good old boy）的首字母缩略词。

成套。他说他一个电话就搞定了所有的东西,包括一些飞行中的黄铜鸭子的墙壁挂牌。温迪仔细察看了鲍勃的战利品,听他讲钓鱼的故事。四月中旬,鲈鱼来浅水区产卵,他已经在湖边待了好几天,参加一年一度的钓鲈鱼马拉松比赛。他的冷冻箱里装满了鱼,此刻他炸了一些鲈鱼,又用微波炉加热了一些从商店买来的冰冻炸玉米饼和炸薯条。晚饭后,他给她看了几张春天在湖边拍的照片。

"四月份这儿发生的一件事情吓坏我了。"他说,目光停在一张日落的照片上,"我醒来后,以为听到有人在哭——听起来就像被困在树上的小猫。我透过天窗向上看。树木已经发芽了,但树叶还没有长出来。外面有一群蝙蝠,在树枝间跳来跳去。也许这个微弱的噪音就是蝙蝠发出的,但我觉得蝙蝠发出的吱吱声在某个高的频段里,人类听不见。我半醒半睡,一直在做与划船比赛有关的梦——我想这是因为钓鲈鱼比赛而感到兴奋和紧张的缘故。我一直在听。这是一种我以前从未听到过的动物。它像鸟,但又有点像婴儿。我一生都在户外活动,打猎钓鱼,但从来没有听到过这样的声音。"

"到了晚上,人的想象力似乎就占了上风,不是吗?"

他摇摇头。"很奇怪——就像你的平克·弗洛伊德一样。"他一边说一边扯着裤腿边的线头。

"你也喜欢平克·弗洛伊德呀。"她笑着说,"所以那些歌也是你的!"

她的目光落在了钉在墙上的鱼上。那是一条二十磅的鲇鱼,一副挣扎的姿势。鱼下方的桌子上放着鲍勃儿子的照片,一个戴着棒球帽的金发男孩,急切地伸手去抓镜头外的某个东西,就像一条要跳起来接住棍子的狗一样。有一次,在佛罗里达一个靠近移民棚屋的农产品摊位上,温迪看到一个小男孩在逗一只公鸡,假装和它争夺一片面包。公鸡突然啄掉了男孩膝盖上的结痂。男孩没有哭。他只是惊讶地看着血从腿上流下来。

那天晚上温迪睡得断断续续,发现自己完全清醒后,她才意识到自己一直在睡梦中聆听鲍勃听到过的那个不寻常的动物的声音。梦的回声在她的脑海中飘荡。她看到一只蝙蝠划过天窗。鲍勃说他看到蝙蝠四处跳动,她想知道"蝙蝠"这个词是否源自"杂技演员"[1]。奇怪的是过去她从来没有这样想过。鲍勃正发出礼貌的小鼾声。她能感觉到他身体散发的热量。她下床来到客厅的窗边坐下。那是一个月光皎洁的夜晚,窗外的景物镀上了一层银色,被深色的树木衬托出来。窗户装有反光玻璃;从外面看不见里面,但她可以看到外面。白天确实如此,但她不确定夜里是否也一样。她想象几年后自己从外面窥探他们在这里的生活——如

---

[1] 英文的"蝙蝠"(bat)和"杂技演员"(acrobat)后面三个字母一样。

果他们最终能在一起的话。他在前妻和小男孩托德的事情上含糊其辞，温迪怀疑他的那段婚姻还没有结束。爱情吓坏了她。它看起来如此的任性和多变——一阵短暂的疯狂，一种模糊的感觉。

她把自己在佛罗里达度过的八年视作一段奇特的插曲，仿佛自己一直在飘浮着穿过未来，就像她看到的那些乘坐摩托艇拖着的降落伞飞过天空的滑翔者。在佛罗里达的时候，她突然问自己："你以为你是谁？"一个最初志向是兽医的小镇女孩，竟然在华氏一百度的高温天气里，坐在一栋清凉的空调大楼的第二十层工作，这让她感到不自然，哪儿有点不对劲。现在，她回顾自己在企业界的那段时光时，认为那是一种反常——就像她的学校教育一样，是一段青春期。读马克思或加缪是你上大学时可能会做的事情，在你尝试各种可能性的时候，但不是以后，作为一个成年人。

一阵微弱的嗡嗡声进入她的脑海，声音逐渐增大，她意识到自己听到的是一架飞机的声音。远处传来一声狗叫。飞机越来越近了，出现一道灯光，但不一会儿灯光就消失了，引擎似乎也停止了转动。这时她听到了——不是坠落的声音，而是飞机的轮子在柏油路上快速驰过的嗖嗖声。然后引擎再次轰鸣。飞机降落在前面那栋大尖顶房子另一边的跑道上，又突然起飞了。飞机飞过她的房子时，近得她都能看清机翼的轮廓，像一只阴暗的史前大鸟。她追随着声音，很快，闪烁着的红灯又出现了，并从树尖上逐渐消失，不一会儿，她听到一辆车子碾压码头边上碎石子路发出的嘎吱声。

她冲上楼梯进到卧室。"出事了。"她说，摇晃着鲍勃。

他一下子就醒了。"什么事？怎么了？"

"一架飞机降落下来，但没有停。它关掉灯和引擎滑行，然后又起飞了。后来我听到好像是卡车的声音。"

他跌跌撞撞地下床去看窗外。"现在什么都没有了。"她说，他俩几乎一丝不挂地站在窗前。

"疯子。"他说，甩掉眼里的睡意，"这种事情以前发生过一次，在四月份。"

"那时候飞机跑道还没完工呢，不是吗？"

"没有完工。除了泥巴什么都没有。"

"还记得从前年轻人经常深更半夜在老机场飙车吗？"

"记得。我干过。"他们在那儿站了一会儿，触摸着对方。他说："我一个哥们有次开车去亚特兰大，经过一个机场——我想是北卡罗来纳州的夏洛特。突然，一架飞机就降落在他身边。飞机跑道与公路是平行的。他看了一眼，天哪，是空军一号——在降落！但有趣的是它刚降落就又起飞了，就像刚才那架飞机。"他热切地说着，用手抚摸着自己的头发，就像一只突然舔起自己肩膀的猫。

天一亮温迪就醒了，煮好咖啡后，她端着杯子去了露台，拉动玻璃门时放轻了手脚。空气给人要下雨的感觉，但她知道那只是晨雾。鸟儿在歌唱——一群响亮而热切的会众。她忘记带她有关鸟类的书了。

"你又睡着了吗？"鲍勃从阳台上朝下喊道。

"嗯。"

"没太受刺激吧？"

"没有。就是有点奇怪。"

"我觉得可能是有人接走了一大包大麻，不过还没到季节。"

他端着一杯咖啡和她一起坐在露台上，脸颊上刻着皱巴巴的床单印子。他说："我梦见我正在上飞行课，现在醒了，我意识到这不正是我想做的事情嘛。"

"什么？飞行？"

"我想是吧。一定是这个梦把我想做的激发出来了。"他无端地自我嘲笑了一声，把椅子往后一滑，地砖发出一阵刮擦声。一只知更鸟在附近的草地上跳跃。"他们开始建造那个简易机场时，我想要是飞机能滑行到我的前门该有多好。而现在我在想——上帝啊，干吗不去学？我花得起这个钱啊。"他揉去眼角的睡意。"来吧，咖啡，"他说，"起点作用。"

"简易机场建成后，所有的飞机在你家上空轰隆隆地飞过，这不会打扰你吗？"她问。

他耸了耸肩。"这是没办法的事情。进步。我想我永远不会厌倦看飞机的。"

"我是说噪音。"

他笑了起来,揉了揉她的膝盖。"飞机会发出噪音,温迪。你还能指望什么?"

下午晚些时候,鲍勃的朋友杰瑞和金开着一辆破旧的西尔维拉多汽车过来。他们在喝罐装的库尔斯啤酒。

"我担心我妈会精神崩溃。"金一边说一边把啤酒放在露台的桌子上,"她今天早上从圣路易斯流着眼泪给我打电话。听上去都不像母亲了。"

"金总得有需要担心的事情。"杰瑞打着嗝说。

"我叫温迪。"温迪说。

"很高兴认识你。"金和杰瑞同时说道。

"鲍勃没有用钓鱼的故事烦死你吧?"杰瑞逗趣道。

"没有,不过他一直在喂我今年春天钓到的鲈鱼。"温迪说,挤出一丝笑容。她立刻讨厌起杰瑞吵闹的性格和他的啤酒肚,就像是胎位偏高的怀孕。温迪想知道人的嗓音是否会随着体重的增加而变大。

杰瑞发出粗野的狂笑。"他喂你的不是鲈鱼,是废话。"[1]

---

[1] 英文的"鲈鱼"(crappie)和"废话"(crap)的前面几个字母一样。

- 232 -

鲍勃说:"行了杰瑞。我需要点帮助。别让温迪对我有什么不好的印象。"

在用借来的摩托艇玩了一天滑水后,金和杰瑞都被晒伤了,身上油乎乎的。他们聚在露台上喝啤酒,杰瑞在往金的背上抹防晒霜。金的泳衣肩带垂了下来,露出了身上白色的条纹。她留着几年前流行的男孩子气的发型,头发的长度不超过半英寸,用摩丝让它们立在头上。温迪觉得这种发型很适合金。

当鲍勃告诉金和杰瑞飞机夜间降落的故事时,杰瑞说:"我想是从哥伦比亚往这儿运送毒品。"

"真的啊?"温迪吓了一大跳。

"我们并不像别人想的那样与世隔绝。"他说,"我们很重要。"

"还是会有很多可卡因来这儿。"金说,"鲍勃,你有剪刀吗?我要把你短裤上的线头弄掉。我看着难受。"

金剪断鲍勃短裤边上的线头,当她扯到他的腿毛时,他开玩笑地说他可负担不起她理发的价格。温迪从未想到要去剪掉那些线头。她把一片玉米片插入鲍勃放在音箱旁边凳子上的一碗萨尔萨辣酱里,音箱发出的声音震耳欲聋。

"我觉得搬回这里就像回到了从前。"温迪说,把一团湿毛巾从塑料椅子上拿开。

"现在卑鄙龌龊的事情太多了,"金说,"我指的不只是孩子们在学校里互相残杀。"

"这么多的事情,而且执法部门还要操心那些瘾君子,"杰瑞说,"警长办公室贴满了他从别人的玉米地里拔出来的大麻叶的照片。"

"而且他可能会把大麻叶带回家烤干了自己用!"金说。

杰瑞和金就像是在说相声,以一种温迪跟不上的节奏对着她喋喋不休。当他们继续报告下午滑水冒险的细节时,两人似乎都试图胜过对方。温迪跨过一包卷尾塑料蠕虫钓饵和鲍勃的鲈鱼钓具——一根带有两英尺间距钩子的特殊鱼竿。她能想象鱼排成一排在杆子上觅食,就像吃母猪奶的小猪一样。她跟着鲍勃,经过滑动玻璃门上明亮的反光走进厨房。他告诉她如果不是杰瑞的友谊,他根本无法从离婚的创伤中幸存下来。温迪无法想象那是一种怎样的情形。

沙拉碗里装着螺丝、钉子和手电筒电池。鲍勃把东西倒进一个纸袋里,开始洗碗。

"那是真的吗,我是说可卡因?"温迪问道。

"谁知道?"他用水冲了冲碗,再抖干碗里的水,"还记得香蕉吗?过去所有的香蕉都是用火车从新奥尔良运过来,然后在富尔顿卸货,再运往全国各地。我认为就像那样——一个中心位置。"

"中心区域。"她建议道。

"管它是什么意思。"

"他们每年还有香蕉节吗?"

"有。世界上最大的香蕉布丁每年都在变大。但就像现在所有其他的东西,只是个会让你想起过去的东西。"

她把碗擦干。"我希望吃到我祖母以前做的那种香蕉布丁。"

"你离开得太久了,温迪。"

"估计是吧。"她漫不经心地说道。

鲍勃把她抵在冰箱和通向客厅的门之间角落里的一把扫帚上。他咧开嘴笑着说:"你认为我们会比大多数人更容易一些吗?"

"我不知道。"她咕哝道,"看上去容易。不过我担心不是那样的。"

"我也很害怕。"他很意外地说道。

金进来时正撞上他们在拥抱,但她似乎没注意到,消失在了卫生间里。温迪能看见杰瑞在露台上玩钓鱼竿,把鱼钩甩过草地,再收线拉回来一大团塑料垃圾。

白天的热气在天空中积聚成一层闷热的薄雾,光线在消退。温迪和金顺着一条小路穿过沼泽,一只绿鹭在浅滩上闲逛。睡莲叶子——托盘大小,双层,开着巨大的花朵——铺满了水边。一只山鹬从头顶飞过。尘土飞扬的光柱穿过昏暗的树林。温迪往前看了看,想找到她知道的沼泽地另一边十九世纪的铁锅炉。

"不怀念你在佛罗里达的日子吗?"金问,拍死腿上的一只虫子。

温迪犹豫起来。"某种程度上。但现在我宁愿待在这里。现在这里好像不一样了。以前不喜欢的房子看起来很迷人。但这没什么。改变的是我,不是房子。"

"我梦想中的房子要有一间佛罗里达风格的房间。"金说,"但我有可能永远无法从两连式活动住房[1]搬出去。"

金拂去手臂上的蜘蛛网。她穿着蓝色短裤,泳衣外面套着一件白衬衫,透过衬衫的泳衣上半部分是深色的。温迪想象自己被晒伤了。晒伤的部位暖烘烘的,像激情,紧贴着她的衣服。昨晚她的皮肤就有那样的感觉,鲍勃火热的身体在她旁边睡着了。有那么一个梦幻的片刻,她想到了性,期待着晚上会再次发生。她停下来捡起一个上一季的干枯发灰的睡莲花心。它的形状像一个淋浴喷头。

"到了秋天,这里有无数这样的东西。"金说,"但在礼品商店,你得花两块钱买一个。"她检查了一下地面。"鲍勃真的很喜欢你,温迪。"她突然说道。

"你真这么觉得吗?"温迪丢掉干枯的睡莲花心,"我无法确定他对我的真实感受。"

"了解他很难,但如果他决定成为你的朋友,那么他会是你一生的朋友。这就是为什么离婚对他来说那么的艰难。不过她把他

---

[1] 两连式活动住房(double-wide):一种廉价的可拆装的简易住房。

洗劫一空——每一根家具腿都被她带去明尼苏达州了。"

"今天早上他告诉我他想学开飞机。也许他想飞去明尼苏达。"

"我不知道。他干过很多了不起的事情——挑战类的。你知道他曾为一个自称是沼泽专家的人工作吗？他们穿上高筒防水胶鞋，然后走进沼泽地，为大学收集蛇和野草之类的东西。"

暗淡下来的光线阴森可怖，蚊子从窒闷的空气中现身。温迪凝视着水面。枯枝败叶和斑驳的光线点缀着水面。这个地方似乎很诱人。那位沼泽专家给她留下了一个愉快的印象——一个像雅克·库斯托[1]一样热爱幽暗深处的男人。

鲍勃对学习飞行非常认真。他从那一周的周末开始上课，接下来的几周都埋首于说明书中。温迪每个周六都会来湖边。她觉得奇怪的是：一件间接报道的小事，竟然可以激发出像飞行这样的雄心壮志，它可能会让你的生活出现转机。她认为飞行的欲望肯定来自某种浪漫气质——一种对重力本身固有的反抗——但飞行的能力需要专心致志，以及平静、近乎单调的专注。她断定这是一种只能用傲慢来解释的矛盾。当她看到鲍勃将他的摩托艇从浅水区导向开阔水域时，她很容易想象他在开飞机。当他没有在

---

[1] 雅克-伊夫·库斯托（Jacques-Yves Cousteau，1910—1997）：法国海军军官、探险家、生态学家、电影制片人、摄影家、作家、海洋及海洋生物研究者，法兰西学院院士。

使用自己身体的时候,他会紧张,好像他的大脑失去了靠山。

一个星期六的下午,在机场,她看着那架赛斯纳[1]进场降落,摇摇晃晃且上下颠簸着。她能看到坐在教练旁边的鲍勃,他似乎正在努力集中自己的注意力。飞机着陆,滑行了一小段,又像被追上树的猫一样再次起飞。

当飞机再次降落时,他跳出飞机朝她冲过来。"你看到我们做'触地再起飞'了吗?"他抓住她的肩膀大声叫喊道。

"看到了,就像我上次听到的那架飞机。"

"夏天结束前我就可以单独飞行了!"他说,"到时我带你飞去月亮上,或任何你想去的地方。"他笑着脱下薄夹克,"也许去帕迪尤卡?"

夏天里温迪在浑噩度日,什么都悬而未决,但她知道夏天像美梦一样,总是结束得太早。八月一个炎热周六的傍晚,金和杰瑞又过来了。温迪已经忘记了他们的声音有多刺耳。她从露台回厨房拿啤酒,想找个容器把啤酒倒进去,她找到了一个她喜欢的有棱纹的细长玻璃杯。她能看到外面露台上的人,他们洪亮的笑声拍打着空气。杰瑞的嗓音高过其他的人——"如果他们没收他的车子,他会哭着回家找妈妈的。"在逐渐暗淡的光线下,金晒成棕色的肤色更深了,映红了她的脸。正在烤牛排的鲍勃身上只

---

[1] 指赛斯纳(Cessna)公司生产的一种小型双座单引擎飞机。

有烧烤手套和一条像爱思牌绷带一样窄的红色泳裤。他脱下手套,像一只被空中的幻觉捕获的鸟一样朝着反光的玻璃门走去。

他进到屋里,从抽屉里拿出一沓拆散的餐巾纸。餐巾纸塞在一些电器手册和看起来像是配成对的袜子中间。他说:"杰瑞希望我们下周末一起去泥岛。你想去吗?也许很好玩哦。"

"可是金说她要去圣路易斯看她母亲。"温迪转身背对鲍勃,不想承认想到与杰瑞和金一起出游,她就忐忑不安,但她知道他从她的声调里听出来了。

鲍勃用搭在她肩上的手把她转过来。"你想再找个时间去吗?就我们俩?"

"如果你真想要我去的话。"

"我不是刚邀请你了吗?"他将她的手臂靠在冰箱上,说话时直直地盯着她的眼睛,"如果我让你和我一起去泥岛,我的意思是和我一起去泥岛。"

"对不起,"她尴尬地说,"我只是觉得有点不自在。"

"你觉得我的朋友配不上你?"

她移开视线。"我只是觉得杰瑞对金不够尊重。"她说,尽管那不是全部的原因。

"这里面有很多你不知道的历史,"鲍勃说,"你根本不了解他们。"他一把抄起台子上的牛排酱,她跟着他出了门。他说:"一半的时间我觉得我是在为人类道歉,一半的时间我觉得我有什么错误——为什么我生来不是一条鲇鱼或一棵树？"他笑了，但没有幽默的成分。"没人知道自己几斤几两，你们知道吗？"他开始戳牛排，"而且每个人都觉得自己比别人优越。真没劲。"

杰瑞和金停下他们正在说的事情。"怎么回事？"他们互相问道。

"都给我准备好了，"鲍勃轻快地说，"每个人拿一个盘子。"

天快黑了。蚊子还不算太糟。鲍勃点了几桶香茅油。一个摇滚电台正在播放珍珠果酱乐队的歌，音乐被成千上万只蟋蟀组成的脱口秀淹没了。随着天色暗淡下来，傍晚的气氛发生了变化，此时此刻，他们彼此间的安全感似乎更强了，尴尬的判断和犹豫不决随着他们脸孔的模糊而消失不见了。温迪虽然还保持着机敏，但她享受着这个慵懒的夜晚，以及慢慢积累起来的欲望。炎热的空气给人亚热带的感觉。紫荆树的叶子上偶尔抖落下来一些无法辨认的东西。

就在他们快要吃完饭的时候，一对车头灯朝他们移动过来。卡车的门"砰"的一声关上了，鲍勃穿过院子去和司机说话。温迪听到了含糊不清的低语声和忽高忽低的急切谈话声。卡车呼啸而去，鲍勃急急忙忙地跑了回来。

"一个小姑娘走丢了。"他大声说道，"我们得去找她。"

温迪急于知道详情。鲍勃迅速解释说是住在与他们隔着几栋房子的史密斯家的一个孩子。晚饭后她就一直在后院里玩。"她母亲以为男孩在看着她，而男孩则以为他母亲在看着她，所以她溜出了大家的视线。"

"多久前？"杰瑞说。

"没多久。他们认为她在树林里迷路了。他们没有听到有车子开过。"

晚上的基调再次发生了变化。温迪跑进浴室拿了一些面巾纸和驱蚊剂。悲伤像旋转着流入下水道的水一样落在了她身上。鲍勃穿着牛仔裤从屋里出来，手里拿着手电筒，一边走一边往身上套一件T恤。

"正是这样的事情断了我生孩子的念头。"金生气地说。她"啪"的一声打开一罐新啤酒。

"黑灯瞎火的，我们不可能找到她。"杰瑞说。

"嗯，但我们必须去找。"鲍勃说，"我知道他们在说哪一个了——玛丽，一个可爱的小姑娘，大约四岁。"

他们沿入口的那条路步行。金和杰瑞在通向几个住家和一小片树林的小路口和他们分开。温迪和鲍勃朝码头走去。

"玛丽！"鲍勃对着暮色大声呼喊。

他们可以看到前方开阔的岬角，在过了码头的地方，岸边有几棵光秃秃的松树。一条小路通向几张野餐桌。鲍勃走得太快，温迪连走两步才跟得上他的一大步。他们看不到孩子的踪影，看不到破衣服或玩具，没有电视上的圆满结局。岬角处空无一人。

"简直难以置信。"鲍勃说,踢着一根圆木。

"听。"温迪用手拢住耳朵,"不是,没什么。"她喊着孩子的名字。

他们沿着连接简易机场的路向前走。他们可以看到沼泽对面停泊在岬角周围住人的船上的灯光。

"唉,看看小孩子对你产生的影响——这是犯罪!"鲍勃说,"太可恨了。"

"也许金是对的,"温迪说,"变态、枪支、白血病——想想孩子附带的问题。"

"还有怀恨在心的前妻。把那个也加进你的清单。"

"总有一天,你会告诉我更多与那个有关的东西。"她说,一边走一边用胳膊搂住他的腰。

他放慢了脚步,等了一会儿才开口:"托德,我的小男孩,有一次跑掉了,把我们吓死了。我惊慌失措,跑遍了邻里,沿着铁轨去找。后来发现他跑到邻居家了。不过他们脱离你的视线,你却无能为力。"

"你现在一定有这种感觉,因为他真的不在你的视线范围内。"

"你知道我上次见到他是什么时候吗?一年半前。"

"太惨了。"

"当时他八岁。他就要十岁了。"

"人死了才那么说——他就要。"

"某种程度上他就像死了一样。"

"你为什么不去看他？"

鲍勃没有马上回答。夜晚很安静。依然能听见湖水拍打码头上的小船发出的微弱声响。他说："也不是什么大不了的争吵。她站起身来就走掉了。"

"你有见他的权利。"

"估计是吧。我也不知道。太丢人了。他都不认识我了。"

温迪从他身边挣脱开，停下脚步。她说："听着，我不知道你为什么对他——或者对我这么消极。在其他事情上你一点也不消极——你的船、钓鱼、飞行。你是一个做实事的人。那么你为什么不去做点什么？与金和杰瑞一起去泥岛？为什么？我想去泥岛就像我想去迪士尼乐园一样。"

"嘘。不要冲着我来。我也没办法。过来，别生气了，求你了。"他再次搂住她的肩膀。

她本该大哭一场，但她不确定自己此刻有多投入，走丢的孩子是否真的进入了她的意识。这个消息来得太突然了，就像是被地震弹下了床一样。

"我们回去吧。"他说，像卡车松开刹车一样叹了口气。

到家后，他们开车去史密斯家了解情况，但是没有消息。鲍勃下车与一位警察和一位邻居交谈时，温迪坐在车里。闪烁的警灯让温迪想到了狂欢节。鲍勃回到了车里，他说："比尔·基尔默去拿探照灯了,我们要开船出去找。他会在我家和我会合。"

温迪站在露台上。现在天全黑了,昆虫在大声歌唱。鲍勃把一大叠盘子拿进家,用脚拉上推拉门。她看到他把残羹剩饭刮到水槽下面的袋子里,然后把盘子冲洗干净。她突然意识到,如果晚上亮着灯,你当然可以透过反光玻璃看到里面。她在很久以前就想过这个问题,这似乎太天真了。鲍勃出来后,扶住她的肩膀把她引到远离灯光的地方。月亮升起来了。一片云层在月光的照射下发出光亮,上方的天空中冒出了几颗星星。正上方,在最高的那片树丛中,蝙蝠在起飞。

"看它们怎么飞,"鲍勃说,"因为不稳定,所以它们不像鸟儿那样飞。飞机和鸟都具有稳定性。鸟儿滑翔,利用自己的身体在空中飞翔,但蝙蝠拥有声呐,总是急起急停,从声墙中反弹回来。看它们的翅膀扇得有多快。"

"它们在跳吉特巴舞。"温迪说,勾住他的腰,把他拉进一个缓慢而性感的舞蹈中。

他俩都轻声地笑了——犹豫地分享着某个东西。他们跳舞的时候,收音机里传来一首更快的歌曲,他们跟上了更急促的节奏。这时杰瑞和金出现了,并加入了进来,像奇怪的动物一样嘴里念念有词。现在他们像划过月亮的蝙蝠,跳起了吉特巴舞,好像那是这种情况下唯一能做的事情。

愣头青

开车去购物中心途中,愣头青排练了说服女朋友蒂凡尼·玛丽·桑德森,让她帮他弄点她姨妈宝拉的百忧解[1]的说辞。他只想试一下,看看是否对他有效。此前他提起过,但蒂凡尼并不当真。"你不喜欢试试新鲜玩意儿?"他问她。除了非常规的食物,他什么都想尝试一下。不过她似乎对重新布置自己的房间比翻新大脑更感兴趣。

他慢悠悠地驶过一排快餐店,换到左转道上,停在了红绿

---

1 百忧解(Prozac):一种口服抗抑郁药物。

灯跟前，像等着向前扑的猫一样盯着红色的箭头。左转后他快速驶进购物中心停车场的一个好车位。在蒂凡尼放学后打工的家居时尚商店门口的饮料售卖机前，他伸手从上班穿的裤子口袋里掏出两个二十五美分的硬币。他需要把自己冲刷一下。他觉得自己被厂里的化工品污染了。他把硬币塞进售卖机，随机挑选着他原本就想要的饮料——经典可乐。他怀疑是否存在随意选择的自由。

蒂凡尼想在六月结婚，一毕业就结婚。准确地说，他还没有求婚，但这个想法已经冒出来了。他有点不安。他母亲说他现在结婚还太小——才十九岁，还是个小毛孩。她指出他几乎付不出他卡车的分期付款，还说蒂凡尼会期待新家具和洗衣机、烘干机。而且愣头青知道蒂凡尼长得像猪一样的父亲并不认可他。他说愣头青是那种发现靠装傻卖乖无法摆脱困境时就会掉进地缝里的人。蒂凡尼的父亲称之为"靠脸吃饭"。愣头青倾向于把她父亲的话当作一种称赞。他相信如果想要取得成功，你必须利用自己的天赋来跨越生活中的裂痕。显然，他给人的印象是他什么都还没有准备好——就像一个衣服穿到一半的人突然发现自己在过马路。不过他不是一个会把事情搞砸的人，他坚持这么认为。

蒂凡尼出现在店门口，脸上洋溢着灿烂的笑容。她穿着黑色的紧身连衣短裙。头发高高地盘在头顶上，像个松鼠窝，上面挂满亮晶晶的金属片。她化了粉色的妆，眉毛画得又浓又黑，像贴着压敏贴纸。她太漂亮了。

"嗨，宝贝儿。"她说，噘着嘴送出一个飞吻。

"嗨，美人儿。"愣头青说，"想喝点什么吗？"这时她举起一只手，他看见了她拇指上的绷带。"哎呀，怎么搞的？"他问道，碰了一下她的手。

"店里的钻床压伤了我的大拇指。"

"天啦！在你的拇指上钻了一个洞？"

"没有。只有一点瘀青。没有看上去那么严重。"

"到底是怎么一回事？"他握住她的手，但她把手抽了出来。

"我帮塔米·沃特金斯扶住一块木头。我俩一边干活一边聊天，我的大拇指靠得太近了，她把钻床直接压在了我的拇指上。不过不是钻头，是往下压的那个部件。"

"肯定很疼吧。现在还疼吗？"

"没事了。很幸运，没有失去我的笨拇指。"

他们沿着人行道往前走，她重复着事故的细节。他喝了一大口可乐。他的胃里火辣辣的。想象着钻床嘎吱作响地压在她的拇指上，他几乎不忍心往下听。他用一种荒唐可笑的方式吹起口哨，人们受到震惊时往往会这样。他又吹了几声口哨，只是为了听到声音。口哨声模糊了钻头穿过她拇指的图像。

"我有可能会失去拇指的指甲，不过会重新长出来的。"蒂凡尼说。

"我希望我可以吻它一下,让它好起来。"他说。他嗓子疼,有点跃跃欲试。

"没问题。"她说,"你有没有被榔头砸到过手指头?"

"有过。有一次砸山核桃的时候。"

一对年轻夫妇提着里面躺着婴儿的塑料摇篮从比萨店走出来。女人喃喃自语地说着一些与权利有关的事情。男人说:"我不管你干什么。我只关心去帕迪尤卡。"

愣头青搀着蒂凡尼的胳膊肘穿过车流来到停车场。她说:"我跟宝拉姨妈要药片了,她说我不需要。"蒂凡尼朝着他的方向笨拙地挥舞缠着绷带的手,仿佛在练习空手道动作。她笑了起来。"而且拇指上缠着这么个玩意儿,我没办法打开她的药瓶子偷一片出来。"

"看上去像个小高洁丝[1]。"他说。

她咯咯地笑了起来。"不太像。你怎么知道的?"

"你告诉宝拉药片是为我要的了吗?"

"没有。"她的声调变得恼怒了,"如果你想要一片,自己去向她要。"

"伙计,我得弄到一片那样的药片。"他摆出一个戏剧性的造型,用手背抵住额头,"我太沮丧了。我很可能在停车场就地坐

---

[1] 高洁丝(Kotex):女性卫生巾的一个品牌。

下，化成一摊烂泥。我很容易就抑郁了。"他打了个响指，"说不行就不行了。"

他们来到他的卡车跟前，他用双手猛地拍了一下发烫的引擎盖，然后意识到蒂凡尼像位搭便车的人似的竖着拇指，等着他为她开门。她说："愣头青，你没得抑郁症。我才不相信呢。你是从电视上听来的吧。"

"我什么时候听电视？我都不看电视。"他们隔着引擎盖说话。

"我就不会沮丧。"蒂凡尼说。她的头发像翅膀似的竖立着，连同她的精神面貌。"我总说只要抹上口红，我就什么都不在乎了。"

"我知道，阳光小姐。"

"你为什么会抑郁？你在炸弹工厂有份体面的工作。你有辆带蓝色流动灯光的卡车。你有一个未婚妻——我。你还有什么好抱怨的。"

愣头青没有回答。他绕到她那一侧，为她打开车门，把她托进车里。拥有高车身卡车的乐趣就在于帮女孩子上车，用急切的爪子托起她们鸭梨形状的屁股。不过他并没有在很多姑娘身上尝试这项汽车技术，因为他买下这辆卡车后不久就开始与蒂凡尼约会。每次托她进车里，她总是开心地尖叫。某个深夜，蒂凡尼从一户人家的院子里偷走了"本月庭院之星"的牌子，并赤身裸体地从大街上跑过，从那时起愣头青就爱上了她。当时他是用话激她那么做的，他自己则在街头的卡车里等着她。那是一条大佬们居住的街道，那些把大把的钱花在装饰庭院、在栅栏后面修建游泳池的住户。现在他很爱她，可能的话，每天都想和她做爱，但他在向她诉说自己内心深处的想法上有障碍。他不想让她笑话他。他不确定自己是否抑郁了，但对百忧解充满了好奇。眼下正流行百忧解。他听说这种药可以把人的大脑重新连接，他对此很感兴趣。他也喜欢百忧解的发音——泊罗扎克，像某个名叫扎克的专业运动员。"你好，我是专业的。我哪方面都很专业。叫我专业扎克[1]吧。"

蒂凡尼告诉他，姨妈宝拉服用百忧解是担心自己长眼袋。她的医疗保险不包含整容或眼部除皱，但如果她因为担心自己的脸或健康保险而感到沮丧，他们会支付她买抗抑郁药的钱。百忧解似乎给她注入了自尊，这样她就可以带着眼袋生活下去。"我的自我感觉良好。"现在宝拉爱这样声称。

而这正是愣头青感兴趣的地方，一种态度的转变。坏心情吓着他了，不知道它们是从哪儿来的。有时候他只不过是向世界吐吐口水，像恶魔一样在卡车里怀着卑劣咆哮几声。实际上他曾踢过他父亲的狗，前几天他假装失手，把母亲还包裹着花店箔纸的圣诞仙人掌摔落到地上。去年十二月他父亲失踪了，

---

[1] 百忧解（Prozac）这个英文单词的前三个字母构成英文单词"专业的"（Pro），后三个字母的发音和人名"扎克"（Zack）相同，连在一起读就成了"专业扎克"。

现在已经五月了。过了好几个月，他们才听到他的消息。他母亲假装不关心。她甚至都没有报警或报告他的失踪。"他会夹着尾巴回来的。"她说。愣头青相信她知道父亲去哪儿了，只不过不想让他知道罢了。

四月，他父亲终于从得克萨斯州打来电话，愣头青接的电话。他是圣诞节的前一天开车离开的，一路往前开；出了肯塔基，他就无法回头了，他说。不妨去看看有什么好看的，他说。他没有机会打电话，他知道愣头青的母亲不会担心他的。

"你会回家吗？"愣头青想知道。

"那要看将来怎么样了。"他父亲含糊地说。

"你这是什么意思？"愣头青说，心想他父亲即便回来了也不会开心的。他意识到长期以来他父亲有多么悲伤和消瘦。可能他在现在待着的地方生活得更好，出门时可以看看天空。"以前我从来不了解天空。"他父亲用一种神秘而忧郁的声音说道。他唱起歌来，仿佛电话是一支麦克风，他抓住了一个登台表演的机会。"乳白色的天空啊，你没看到我和我的小毛驴吗，我们快乐得像棵圣诞树。"愣头青怎么也没想到他父亲会突然唱起歌来。

有的时候，愣头青仿佛是个透过望远镜窥探自己生活的间谍。第二天下午，他能看见他自己和蒂凡尼两个人，好像他在镇子的另一边观察。他看到一对无忧无虑的年轻情侣在沃尔玛商场

- 251 -

里嬉戏打闹。至少这是他想看到的自己和蒂凡尼在一起时的样子——像电视广告里的漂亮人儿,开心地玩耍着。他们在货物一直堆到天花板的走道里捉迷藏。他吹着《乳白色的天空》,她追踪着口哨声,从一个走道跑到另一个走道。她在女内衣部抓住了他,在那里,居家用品堆成的峡谷让位给了内衣组成的开满纤细花朵的大草原。

"我赢了!"她大喊一声,用挂在衣架上的一条粉色衬裤奚落着他。

那天商店里来了一位西部乡村歌星,在为宣传他的新专辑发送签名照。他是个年轻的万人迷,名叫安迪还是兰迪。他坐在一张桌子旁,身边是一辆装满他的 CD 的购物车。愣头青不信任这个家伙。他的衬衫太花哨了。

"他的 CD 肯定不是在这儿买的。"愣头青对蒂凡尼说。

"他不需要买。"蒂凡尼说,她的呼吸急促起来,"哦,我必须要到他的签名。"

和蒂凡尼一起排队等待的愣头青觉得有点丢人现眼。蒂凡尼穿着蛇皮裤。她的腿看上去像两条惊悚的蟒蛇,引起了别人的议论。一个妇女和一个小姑娘排在愣头青和蒂凡尼的后面。那个女人——珍珠项链和大花布让她的穿着显得很过分——正盯着蒂凡尼看。

"她参加他的巡演。"愣头青冲动起来,告诉那个女人说,"她是个歌手。"

"哦,"那个女人吸了一大口气,"你认识他吗?"

"认识,实话实说。"愣头青告诉那个女人。他感到自己的愣劲上来了。出现这样的机会时他控制不住自己。"我们是他的随从。对于乡村歌曲最新的轰动人物你还想知道什么,他叫兰迪还是什么来着?"

"安迪。"蒂凡尼说,用胳膊肘捅了他一下。

那个女人说:"我在商场的休息大厅弹钢琴,以前是唱福音歌曲的。我一直想把我的磁带送给安迪。"她手里拿着她的磁带,"我知道他会喜欢的。我们的心处在同一波长上。他的歌唱出了我的故事。"她猛地把头转向左边,冲小女孩喊道,"回来,里芭。"小女孩已经沿着化妆品走道跑出去了。她把孩子找回来,接着详细地往下讲述。她说她的生活就像芭芭拉·曼德雷尔[1]的故事,涉及一场车祸和一次卷土重来。女人留着乡村音乐歌手的发型——堆成山的蓬松卷发,在愣头青的眼里她就像是从"盒子里的杰克"里蹦出来的。

队伍里有几个年轻姑娘——黄毛丫头,愣头青心想——也留着蓬松卷曲的长发。

---

1 芭芭拉·曼德雷尔(Barbara Mandrell, 1948—):美国乡村歌曲女歌手,也是演员和作家。

"你的故事很励志。"愣头青对女人说。

蒂凡尼对愣头青小声说:"你让我难堪。"

休息大厅福音歌手听到了,她朝蒂凡尼皱起眉头。愣头青想象那个女人在吐舌头。

愣头青说:"如果给我你的名字和电话,我会让你在一个月之内上电视。"

"这是我的名片,"女人说,"你可以跟他提一下我的磁带吗?"她拉住孩子的手,"过来,里芭。待在队伍里,否则我抽烂你的屁股。"

小姑娘手里紧紧抓着一张安迪的 CD 和一盒仓鼠粮。

"我喜欢仓鼠。昨天晚上我晚饭吃的就是仓鼠。"愣头青说,朝孩子做了个鬼脸。

蒂凡尼朝愣头青做了个同样的鬼脸。"你为什么要那样?"她说,"真讨厌。"

"讨厌?我讨厌?我向所有的人说一声对不起。"他像鸟一样扇着双臂,"讨厌。讨厌。"他撩拨地用膝盖轻轻触碰蒂凡尼,又捏了捏她的屁股,"我是老鹰。讨厌。"[1]

"真酷。"

过后,他们驶出拥挤的停车场时,蒂凡尼专心研究着那个柔

---

[1] 英文"老鹰"(hawk)与"讨厌"(irk)谐音。

声柔气的牛仔歌手的照片。当她用手指描画上面的签名时,缠着绷带的拇指像是在擦除他的脸。轮到她见歌星时她变得安静了。她对他说:"我能说的只有'哇'。"

"他可能从来没有听过这么蠢的话。"愣头青转上主干道时她说,"我太激动了,想不出来该说什么!"

"我相信你说的正是他想听的。"愣头青说,"他吃这一套。他不是亚特兰大的吗?也许他觉得我们只是一些愚蠢的乡巴佬。"

蒂凡尼激动地说:"哦,这个周末我们去亚特兰大吧。"

"把我的工资全花光?"

"我们会管住自己的。"

愣头青在红灯前刹住车。他像刚载了一个搭便车的人似的盯着蒂凡尼。有时他觉得自己对她一点都不了解。她的蛇腿在蠕动——迫不及待地想要蜕皮,他心想。

周五下班后,愣头青决定直接去找源头。他觉得如果赶上蒂凡尼的姨妈心情好的话,或许她会给他几片百忧解。宝拉这个人还行。蒂凡尼和他一起过夜时她替他们打掩护。宝拉说要是知道了愣头青小小的卡车夜行,她姐姐,蒂凡尼的母亲,会去死的。

宝拉没想到他会来,不过在门口见到他时她似乎很高兴。她领着他穿过客厅来到厨房。"别去管那些乱七八糟的东西。"她说。

她学校课外项目的所用物品——国旗、山姆大叔玩偶和保罗·里维尔帽子[1]——散落得到处都是。她教小学四年级。

愣头青注意到她的眼皮垂到了睫毛上,但脸上几乎没有皱纹。他想知道蒂凡尼的眼皮能撑多久。她很像她姨妈——同样的小鼻子和漩涡一样的卷发。

宝拉递给他一杯冰块和一瓶两升的可乐。他倒上可乐,溢出的泡沫流到了厨房的台子上。他木愣愣地坐在凳子上,有点局促。她一边擦掉溢出的可乐一边说:"今天早上我穿了件深色的衣服,一只蓝袜子和一只绿袜子。"她笑了,"在学校,我因穿衣款式违规收到一张传票。在学校,我们会因为糟糕的发型、衣服的静电吸附、白色裤子里面的豹皮内裤、颜色冲突、袜子没拉起来而收到传票。时尚警察判我在时尚发廊的蜂窝发型区工作。"

"你还穿着一只蓝袜子和一只绿袜子。"愣头青说。他想知道她四年级的学生怎样应付她尖声尖气的喋喋不休。

"你想吃一个蛋黄酱三明治吗?"她问。

"不用。作为老师,你吃孩子的食物吗?"

"我每天至少要吃一调羹'神奇抹酱'[2],不然的话我的脑子就会炸裂。"她说,"比尔午饭除了饼干什么都不吃。他从不吃我留

---

1 保罗·里维尔帽子(Paul Revere hat):指美国独立战争时期北方军人戴的军帽。
2 神奇抹酱(Miracle Whip):一种制作三明治和沙拉的调味酱料,是蛋黄酱的便宜替代品。

给他的东西,这让我很生气。他不吃蔬菜水果。我说:'台子上有葡萄。'他说:'洗过吗?'我说没有。他说:'饼干不需要洗。'不过我不得不承认,饼干饮食确实让他身材苗条。"

"给这个男人吃夹心饼干!"愣头青说,以一个自以为戏剧化的姿势从凳子上跳了下来,"夹心饼干不需要洗。"

"我不知道该不该给他吃夹心饼干。"

"这样啊,要不然就给他吃'叮咚'[1]。"他咧开嘴笑了笑。

"他已经在吃'叮咚'了。"

"那就给他吃'小黛比'[2]。"

"我不想让他吃'小黛比'。"

愣头青笑了起来。"我最爱吃'小黛比'了。"

"愣头青,你真是个好孩子。"她说,和他一起笑了起来,摇摇头,"而且你还真是个小孩子。"

愣头青终于提起宝拉的百忧解,她似乎并没有对他想要尝试这种药物感到惊讶。

"我需要给我的大脑重新编程。"

"为什么不去教堂,或去学钢琴?"

"你为什么不去?"

---

1 叮咚(Ding Dong):一种巧克力蛋糕的名字。
2 小黛比(Little Debbie):美国的一家饼干糕点商的名字。

宝拉打开烤面包机上方的柜子，选了一瓶药片。"你真的不需要这些药片，愣头青。你只需要更相信自己一点。"

"我的'自己'和它关系不大。"

"也许你还没有找到。你有一个深藏的心灵，愣头青。蒂凡尼还没有看出来，但她迟早会看出来的。"

她像摇婴儿铃铛似的在他面前晃动着药瓶。她说："这些小玩意儿的一个副作用是让你到不了性高潮。不过我已经彻底测试过了，对我来说并不真实。我没有那种副作用！"她大笑起来，"愣头青，我觉得你不会想要这样的药片的。"

"也许我正需要松弛一下我的性机器。我已经对它失去控制了。"他眨了眨眼睛。

她严肃起来，把药片放回柜子里，说："愣头青，我相信你是害怕了。你看上去不像准备安定下来有个家的样子。有没有想过你和蒂凡尼有了孩子后怎么办？"

"她没有怀孕吧？"他问，警觉起来。

"据我所知没有。但你必须有所准备啊。"

他想过这个问题。他还没有准备好。这个想法本身就有问题。他认识的一些人正努力养活他们的孩子。他们比他大不了多少，但看上去似乎比他老得多。他还无法想象自己成为一个父亲。他知道拿着最低工资，他没有什么机会出人头地。他怎么养得起孩子？他试图摆脱这个想法。那是遥远的未来。

那天晚上愣头青和蒂凡尼八点过后才出发,在他换好机油并修好了车子的化油器之后。他们要去纳什维尔,而不是亚特兰大。蒂凡尼的母亲周日要为蒂凡尼的表弟举办家庭生日晚宴,蒂凡尼觉得亚特兰大太远,怕赶不回来。她说她想去纳什维尔一家名叫"危险线索"的商店。

愣头青一边开车一边喝着一罐啤酒。他瞥了一眼蒂凡尼。她又穿上了她的蛇皮裤。那条裤子有点让他起鸡皮疙瘩。他的手沿着她的大腿往下滑。这条裤子给人一种紧绷、蜿蜒曲折的感觉,每次触碰到都让他一惊。他用手在她的大腿内侧画着小圈。手指像电脑鼠标一样移动着,追踪着下方的蛇形地形。

"你觉得我一直都很滑稽吗?"愣头青问。

"没有啊。为什么?"她正在拨弄她绷带的接缝处,发出像墙里的老鼠弄出的沙沙声。

"你不觉得我很情绪化吗,很容易就跳起来说错话,把花盆扔到地上?你不害怕和我一起越过州界?你不觉得我这个人很怪吗?"

"没有。我觉得你超级性感。而且你爱玩,这在我看来很重要。"她在座位上扭动身体想接近他,用包着绷带的拇指摸了摸他的脸颊。拇指上了保护夹板。

"去纳什维尔除了逛商店你还想干什么?"他问。

"去那家新开的商业中心,也许去奥普赖乐园看场好演出,住在一个大酒店里。"

热情洋溢的她就像坐在圣诞老人腿上的孩子。"'六元汽车旅馆'[1]的可能性要更大一点。"他说。

"好吧,没关系。我就是觉得我们应该在结婚前放纵一下,结了婚就不能四处乱跑了。"

愣头青正在超一辆大卡车。他回到右边的车道上。大卡车像一个慢动作的图像,远远落在了后面。"我们不去纳什维尔了,改去得克萨斯吧。"他说。

"太远了。方向也不对。"

"我们可以不休息一直开。"

她没有回答。过了一会儿她说:"如果你想你爸了,你知道光凭周末开车去得克萨斯是找不到他的。"

"我知道,但我希望可以。"他瞟了一眼后视镜,看看有没有警察,又喝了几口啤酒,"春天我爸从得克萨斯打电话过来的时候,我离幸福就差那么一丁点了。"他说,"后来这种感觉逐渐平息下来,我想我有点理解他为什么要那么做了,我能预见我自己也会这么做。"他不寒而栗,"这让我不开心。"

---

[1] 六元汽车旅馆(Motel Six):创立于1962年的美国连锁汽车旅馆,刚开业时一天的房费为六美元并以此得名。

他担心蒂凡尼没在听。她正拽着一缕头发,把它缠绕在手指上。但这时她说:"我正在想你爸的事。我在想他在那边干什么。还有你妈为什么不就他离家出走大吵大闹。"

"或许他走了她反而高兴。"愣头青说。他大声打了个嗝。"讨厌!"他说,想开个玩笑。他把她逗乐了。

他们停下来加油,然后不停地往前开。他们快速驶过一家叫"饼干桶"的餐馆,通常他们会在那里停车,吃上八磅的松香烤土豆和几大块火腿。他做事经常过分,他懊悔地想。小时候,他不计后果埋头往前冲的习惯让他得了一个"愣头青"的绰号。最近,在试开他新买的二手卡车时,他挑战自己沿一个大土坑的陡坡往上开。环绕土坑上升的路有一侧很陡。泥土也很松散。他并不害怕。他想,我能做到。他非常小心地驾驶着卡车,沿着蜿蜒的小路一寸一寸地往上开。

"我能做到。"此刻他用几乎听不见的声音说道。

蒂凡尼深情地拍了拍他的手臂。她说:"愣头青,我知道你不知道自己这一生想要什么。而且你钱赚得也不多。但是我们有很多时间。我知道我们会非常幸福的。"她说话的样子就像过去两个小时里她一直都在思考这个问题。然后她又换挡了,回到了平时的自己。她说:"看到月亮了吗?看到那个月亮我开心死了。我喜欢看月亮。我喜欢去教堂。我喜欢工作。我喜欢在夜里开车。我喜欢困兮兮地靠在你身上。"

月亮在升上来,一个像隐形眼镜一样的苍白的圆盘。另一条车道上的车大灯模糊了他前方的道路,他打开他的车大灯,又能看清楚了。前方的公路看上去清晰干净。蒂凡尼让所有的事情看上去都那么简单——就像他父亲突然唱起仰望天空的歌曲。恋爱有那么容易吗?

他抚摸着她的腿,沿着裤缝往上走,然后打开了收音机。一首歌曲刚结束,接下来是一些模糊不清的杂音。他按了一下"找台"按钮。蒂凡尼尖叫道:"那是安迪!开大声音。我就喜欢他的嗓音。"

"个人意见,我觉得他太自以为是了。"愣头青说。

"哦,你就做梦自己唱歌不跑调吧。"她的左手随着歌曲拍打着腿。

那个歌手听上去像头脾气暴躁的老牛,愣头青心想。对于这么年轻的人,这个嗓音有点古怪。愣头青没有特别的才能。他这一生除了蒂凡尼,没有人给过他任何鼓励。她想让他上一门计算机课,因为现在什么都与计算机有关。但他知道自己坐不住。这正是他上高中时的烦扰。他喜欢他现在炸弹工厂的工作,因为他可以和一群自己喜欢的人开开玩笑。因为工厂生产肥料,他称它为"炸弹工厂"。他为自己有个充满魅力的女朋友而感到幸运。不过他知道他母亲年轻时也很漂亮。现在她身体超重,不停地干咳。他父亲在轮胎厂工作了二十五年,他母亲在医院做护士助理,给病人倒便盆。他们住在一个她不引以为傲的破旧窄小的房子里。

他们不外出度假。他父亲每天晚上看电视。过去他看固定的节目。但自从有了有线电视和遥控器，他不再坚持自己以前的最爱了。他游弋在电视频道里，这儿看一眼，那儿看一眼。每周有五个下午，愣头青的母亲为家人做好晚饭放在桌上，然后去上班。由于长时间站立，她脚步沉重，身心疲惫。四十四岁的她眼皮下垂，但她似乎都没有察觉到。也许到了那个年龄，蒂凡尼也会像对待受伤的拇指那样优雅地接受眼袋。他打了个激灵。

行驶在州际公路上，愣头青思忖着自己的人生。他十九岁了，还和母亲住，但他已经提前考虑起自己的中年。自从父亲失踪后，愣头青就被弹射了出去。他心里有个东西让他不再年轻了，他想。他看得太远了。他想把自己的大脑重新连接一次。他想一头扎进黑暗，不再害怕。人在恋爱的时候应该更无所顾忌才对，他想。蒂凡尼在打盹，她的头枕在一个巨大的崔弟公仔抱枕上，那个姿势看上去不是很舒服，但她似乎很放松。她的蛇腿很漂亮，似乎在黑暗中发光。

到达纳什维尔后，愣头青冲动地转上通向孟菲斯的40号州际公路。他认为蒂凡尼不会介意他们往西开。他觉得他可以不停地开上一整夜。他觉得明天的某个时间他就能到达得克萨斯州的边界。然后他就可以知道自己的方向了。因为上学工作都很累，蒂凡尼一直在睡觉。他调低收音机的音量，作为自己思考的背景。他喝完了在加油站购买的可乐。为了安全他不得不保持头脑清醒。

黑暗中，这条公路似乎连着他的脑袋，像一条舌头。

快到凌晨两点的时候，他在一个看上去很便宜的汽车旅馆那儿下了州际公路。蒂凡尼醒了，但似乎没有注意到自己在哪里。他领着她走进旅馆的大堂。随身带着的手袋和沉重的书包让她走得磕磕绊绊。愣头青按了一下墙上的蜂鸣器，叫醒了值夜班的店员。他能听见后面房间里传出的声音，像是有人在拍苍蝇。他们在镶着松木板的柜台前等候时，蒂凡尼研究起她的绷带来。她焦躁不安地扭动着。"我急着小便。"她说。愣头青很想知道她怎样从那条紧身蛇皮裤里脱身。

一位身穿运动裤和超大号夏洛特黄蜂队球衣的瘦弱中年男子出现了。他戴着厚厚的眼镜，一声不吭地拿起愣头青的信用卡，用压印机碾压了一下。男子递上收据时咕哝了一声。房价三十二美元——比愣头青担心的要少。心里高兴，他夸张地签了字，像是在签署一份重要文件。店员撕下黄色的复印件，把它包在钥匙上，然后把那个小包递给了愣头青。

"我的左胳膊要长肌肉了。"蒂凡尼提起书包时说。她把绑着绷带的大拇指像手电筒一样举在身前。

愣头青从卡车上取回她的另一个包和他自己的包，他父亲的已经褪色的军用行李袋。房间号是234，从外面的混凝土楼梯往上走一层。天上下起了小雨。楼下开进来一辆汽车，一个女人带着一个拿着粉红色毛绒猪、大声尖叫的孩子下了车。愣头青听到一声关车门的声音。

房间里有股霉味。黑不溜秋的床罩上粘着尘土、烟灰和液体污渍，看上去沉甸甸的。愣头青放下包，"咔嗒"一声按亮一盏灯。这时电话铃响了。蒂凡尼吸了一口气，但愣头青觉得来电话很正常。他拿起了话筒。

"你的内莉宝贝[1]把围巾落在地上了。"值夜班的店员说。

"你把围巾落下了。"愣头青对蒂凡尼说，后者正费力地往下拉她裤子的拉链。"我马上下来。"他对店员说，他挂上电话。内莉宝贝？

"等一下。我要尿尿，这条裤子需要一点帮助。"蒂凡尼说，伸手去拉他，"我觉得我手脚不太灵活了。"

"你没有问题。在加油站你是怎么弄的？"

"我为什么会把围巾落下，因为我没法用这个不灵活的拇指把它系在脖子上。"

"我去拿。"愣头青溜出房间，三蹦二跳地下楼去前台，留下蒂凡尼在那儿脱裤子。她累得嗷嗷叫。

"你家内莉穿了条好裤子。"夜班店员用友好的声音说道。

"我该怎么接这句话？"愣头青询问道，"你说的内莉是什么意思？这是我应该从电视上学到的吗？"

---

[1] 可能是当时某个电视剧里的人物。

那个瘦家伙往后退了一两英寸，他的嘴唇在颤抖。愣头青满意了。店员说："嗨，伙计。我没别的意思。我是说你是个幸运的家伙。没在冒犯你。我只是在说蛇的事。"他咧嘴笑了笑。他的牙齿很大，牙缝里塞着食物。"我是说我不想和穿成蛇的样子的女士搅和在一起。看到那些蛇，我有点措手不及，伙计，我讨厌蛇。她的手指是被蛇咬的吧？"

愣头青一把拿过放在柜台上的围巾。那是一条长横幅，像发着蓝光的熔岩灯。他来到门口，站在那里出神地凝视着停车场。汽车旅馆闪烁的招牌上有个灯泡坏了。**邓恩的汽车旅馆。邓恩的汽车旅。邓恩的汽车旅馆。邓恩的汽车旅。**州际公路上车辆稀少，车灯像流动的液体。愣头青能看见西边孟菲斯市发出的暗淡灯光。他看见一辆灰色的汽车慢慢驶过汽车旅馆，然后朝辅路驶去。他转身环视着旅馆大堂。电视屏幕一片空白。咖啡壶干干净净，为明天早晨做好了准备。店员打开一本赛车杂志。

"没法面对那些蛇，你行吗，朋友？"那个家伙有点得意地笑着。

"关你屁事。"愣头青说，回到柜台前。

"还有没有隐私了？"店员说，脸上露出尖酸的表情，像是在嚼口香糖。他放下杂志，像熨衣服似的用手掌抚平封面。"不再有什么秘密了。如今我们有那么多的号码，为什么？如果愿意的话，我可以拿走你信用卡的号码并使用它。反正它们都在计算机里。

政府对每个人都了如指掌。只收你的税是不够的,他们还想跟上你最新的状况。而且我们要为他们的多管闲事买单。他们可以偷看电脑,找到他们想要的东西。"

愣头青决定逗逗这个家伙。不知道为什么,他还不想回楼上。"如果他们这么厉害,那他们肯定能找到我爸了。"他说。

"他在联邦调查局的名单上?"店员似乎有点钦佩。

愣头青耸了耸肩。"不在,他转错了弯,就一直朝前开了。"

"如果他们想要找到他,他们就能找到他。他们有自己的方法。他们一直来这儿监视。见过那种黑色的直升机吧?飞机上的计算机接入一个全球的网络。"

"放屁。"愣头青说。"讨厌,讨厌。"他对自己嘟哝道。

店员看上去很愤怒,像是要朝他扑过来。他眼睛里露出一丝好战的眼神,然后似乎稳住了自己。"实际上,就在你们进来之前,我刚给一个在逃犯办理了入住登记。"他用一种优越的语气说道,"他就住在你们隔壁的房间。"

愣头青觉得胃里有东西在往上翻。但他觉得他识破了那个家伙。他就是个疯子。在放更多的狗屁,愣头青判断。他盯着那家伙的眼睛(被瓶底厚的镜片放大了),直到店员把目光移开。"如果他在他的房间里,就不会伤害别人。"愣头青说,"他可能累了。他在监狱里可能根本无法合眼。"

店员打开一张报纸。"看这张照片。就是他。"

照片上是一个深色头发的家伙，发际线后退，他穿着监狱的工作服，胸前印着号码。报纸的标题：**三州寻找越狱犯**。

"他办理入住登记时签的名是'哈里·马丁'，"店员说，"但报纸上的家伙叫阿瑟·谢梅尔。看，"他用手指戳着报纸，"休想骗过我。"

愣头青感到自己的信心减弱了一点。"嗯，那就给警察打电话啊。"

"哦，今晚我不想打扰他们。我叫他们过来的次数太多了——搜查毒品、绑架案。有时候我是吃力不讨好。我不欠他们什么。"店员抖动着手里的报纸。

"明白你的意思，"愣头青说，"知道那是怎么一回事。"

"都一样。"

"知道那是怎么一回事。"愣头青重复道，测试着自己的声音。

店员把报纸折叠起来展示逃犯的照片。"我不相信他叫哈里·马丁或阿瑟·谢梅尔。他是克拉伦斯·史密斯遭人唾弃的模样，我上高中时就认识这个家伙。过去他经常偷偷溜进女孩子的更衣室，偷走她们打篮球穿的短灯笼裤。他的眉毛从一边一直长到另一边。他们是需要提防的人。他们的耳朵都支棱得特别开。他全家都长这样，都是坏人；有一次，他老爸拿着一把斧头冲出家门，朝他叔叔老婆的爸爸砍去——没有任何理由，像切西瓜一样直接把头劈开了。那件事发生在离我家半英里的地方，1938年。"

店员把报纸在愣头青面前弄得哗哗响，愣头青跳了起来。这个家伙自己的耳朵就像飞机的机翼，他想。

"知道了，伙计。"愣头青说，试图让对方平静下来。他并不害怕逃犯，但柜台后面的这个疯子则是另一回事。愣头青用手指头大声敲击着柜台。我可以这样，他心里想。

"好吧，如果我们这里真的有一个逃犯，我们最好叫警察来抓住他，"愣头青说，"还是你觉得那是政府在干预？也许每个人都不该受到管束。他是个连环杀手还是别的什么？"

"抢银行、持枪抢劫加油站、用钢丝锯袭击他弟弟、从他妹妹那儿偷走了一千美元——她的嫁妆钱。坏人，坏人，坏人。"

愣头青调整了一下呼吸，提高了语速。他说："嗨，伙计，我很忙。如果再不上去，我楼上的姑娘就要尿在裤子里了。不过看来我们需要就你的这个老朋友给警察打个电话，不管他叫什么名字。"愣头青抓起便携电话拨打了911。蒂凡尼的围巾掉在了地上。

"你不需要那么做。"店员说，手伸过柜台来抢话筒。

"嗨，"愣头青说，"没关系。"他疾走几步，退到店员够不着的地方。

911应答了。愣头青说："我是48号出口处邓恩汽车旅馆的夜班店员。"他压低声音，显得很隐秘，"我们刚给那个报纸上的逃犯办理了入住登记。他是你们要找的人,伙计们。快来我们位于48号出口处BP加油站隔壁的寒酸汽车小旅馆,我帮你们控制住他。"他猛地摁了一下挂断按钮,"砰"的一声把电话放回到柜台上,"都是你的了,伙计。现在我要去睡觉了。感谢提供服务的机会。"他拿起了围巾。

店员在颤抖。"和我一起待在这儿等警察吧。"他说,"求你了。"

愣头青翻了翻白眼。"对不起,伙计。我得回到我的内莉宝贝身边了。"走到门口,他又说,"再见了。如果他真的是一个罪犯,他们会抓住他的。一定要告诉他们篮球灯笼短裤的事啊。"

店员瞪着眼,两眼暴突。

愣头青像逃犯一样快步登上水泥台阶,抓在手里的蓝围巾在飞扬。他想象着远处闪烁的蓝色灯光。他听到沥青路面上雨水溅落的声音。但他感到了一阵狂喜。他冲进房间,用螺栓锁上了门。

"怎么回事?"蒂凡尼问。她站在浴室门口,身上围着一条浴巾。"我担心你出事了。"

"没什么。我拿到你的围巾了。"

蒂凡尼退回到浴室里。愣头青关掉椅子旁边的台灯,又关掉床边的台灯。他听到了淋浴间的流水声。浴室的门半开着,漏出的光像放映室射出的一束灯光。他从窗帘的边缘向窗外看。过了几分钟,一辆警车静悄悄地驶了进来,车顶上的灯把蓝色的图案投射在前方的混凝土墙上。车里只有一名警察。警察不紧不慢地下了车，调整着他沉重的皮带。愣头青可以看到他和大堂门口的夜班店员。他们手臂的动作似乎表明两人是熟人。警察会意地摇摇头，仿佛在听超速者的借口。最后，他挥了挥手，回到了警车上。夜班店员把报纸卷起来，拍了一下自己的腿。愣头青继续观察着，好像应该发生更多的事情。

"楼下出什么事了？"蒂凡尼说着朝他走过来。她身上裹着浴巾。这时警车已经离开了，店员也回到了他后面的房间里。

"我马上就好。"愣头青说，他的声音被窗帘削弱了。

他只不过想去得克萨斯走一趟，愣头青想，去看看那里的天空。他抬头看了一眼闪烁着微光的细雨。如果他能早点知道他父亲去看的是什么，也许就不会介意将来发生什么了。这将是一种欺骗命运的方法。"我和我的小毛驴。"他含糊不清地说着，转身朝她伸出手臂。